TOTGETANZT

EDITION OBERKASSEL

TOTGETANZT

Brigitte Lamberts

Annette Reiter

Clemens von Bühlows zweiter Fall

edition oberkassel

2015

Verlag: edition oberkassel Verlag Detlef Knut, Lütticher Str. 15, 40547 Düsseldorf
Herstellung: SOWA Sp. z o.o., Warszawa
Umschlaggestaltung: unter Verwendung von Fotos von
© Christian Fischer
Lektorat: Dr. Mechthilde Vahsen
Satz: Adobe InDesign im Verlag

www.edition-oberkassel.de
info@edition-oberkassel.de

Auflage 2015
Printed in Europe

ISBN: 978-3-943121-90-2

Bibliografische Information der Deutschen Bibliothek:
Die Deutsche Bibliothek verzeichnet diese Publikation in der Deutschen Nationalbibliografie; detaillierte bibliografische Daten sind im Internet über http://dnb.ddb.de abrufbar.

Für Elke
von Brigitte

Für meine Eltern
von Annette

Personen und Handlungen sind frei erfunden. Ähnlichkeiten mit lebenden oder toten Personen sind rein zufällig und nicht beabsichtigt.
Ein Großteil der gastronomischen Ausflüge des Hauptkommissars spielt an realen Orten, die als Empfehlung zu verstehen sind.

Das Team

Otto Kreutz – Kriminalrat, Leiter des Morddezernates
Clemens von Bühlow – Hauptkommissar, Leiter der Ermittlungen
Maria Esser – Hauptkommissarin
Hendrik Flemming – Kommissar, Aktenführer, Rechercheexperte
Christian auf der Heide – Oberkommissar
Sonja Melchior – Kommissaranwärterin
Florian Schmidt – Kommissaranwärter
Rainer Steinbeißer - Hauptkommissar
Pia Cremer – Oberstaatsanwältin
Dr. Wolfgang Hummel – Gerichtsmediziner
Dr. Lukas Schwert – Gerichtsmediziner
Armin Schoeller – Leiter der Kriminaltechnik
Jochen Mönnekes – Pressesprecher des Polizeipräsidiums
Alexander Langenberg – Psychologe, Clemens' bester Freund

Prolog – Januar 2011

Freitag später Abend EnVogue. Die silberne Lichtkugel an der hohen Decke dreht sich. Die Scheinwerfer tauchen den Raum in blaues, rotes oder gelbes Licht. Die verschwitzten Gesichter glänzen, versinken bei Schwarzlicht in der Dunkelheit. Der Rhythmus der Musik reißt alle mit. Die Vibration der tanzenden Körper wird vom Boden abgefedert und mit voller Wucht zurückgegeben. Die Disco ist überfüllt. Ein Mann schiebt sich zielstrebig durch die Menge. Immer wieder überquert er die Tanzfläche, geht an den runden Stehtischen vorbei, an denen die jungen Leute kurz verschnaufen, ihre Cocktails trinken und dann erneut tanzen. Die anderen Männer nimmt er kaum wahr und wenn, bedenkt er sie mit einem abfälligen Blick. Alle seine Sinne sind auf das Äußerste gespannt. Das gleißende Licht, die laute Musik sind seine Endorphine. Er spürt den Übermut und das Begehren der Tanzenden. Er ist Hod[1]. Er ist gekommen, um seine Braut zu holen. Schon mehrmals hat er sie beim Tanzen beobachtet. Sie ist so zart, so anmutig. Sie zieht alle Blicke auf sich. Kein Anderer wird sie bekommen, nur er.

Plötzlich hält er inne und dreht sich um. Da ist sie, seine Prinzessin. Endlich. Ein Lächeln huscht über sein Gesicht. Die junge Frau bewegt sich geschmeidig zu den schnellen Rhythmen. Langsam nähert er sich. Sie bemerkt ihn nicht. Ganz dicht geht er an ihr vorbei. Streift sie wie zufällig. Dann lehnt er sich in der Nähe an einen der Pfeiler, die das Gewölbe tragen, und genießt ihren Anblick. Diese Anmut. Hod ist zufrieden. Er löst sich von dem Pfeiler, die junge Frau fest im Blick.

---

1 Hod, germanischer Gott der Dunkelheit.

1.

Sonntagabend Flughafen. Hauptkommissarin Maria Esser klappt den Laptop zu, zieht ihre schwarze Lederjacke über, greift ihre Autoschlüssel vom Küchentisch und zieht die Wohnungstür hinter sich zu. Gut gelaunt startet sie mit ihrem klapprigen Opel Astra Kombi Richtung Flughafen Düsseldorf. Sie hat versprochen, ihren Kollegen Clemens von Bühlow und dessen besten Freund Alexander Langenberg abzuholen. Die beiden kommen mit *Air Berlin* aus Salzburg, die Maschine soll pünktlich um halb zehn landen. Während Maria zügig die Danziger Straße entlangfährt, denkt sie darüber nach, ob es sinnvoll wäre, die Rampe zum Bereich Abflug hinaufzufahren. Dort gibt es die einzige Möglichkeit, kurz zu halten. Aber das Risiko, abgeschleppt zu werden, ist ihr zu groß. Also fährt sie in eines der Parkhäuser. Früher, vor dem verheerenden Brand, konnte man ohne Schwierigkeiten vor den Terminals, egal ob Abflug oder Ankunft, parken. Jetzt verfügt Düsseldorf zwar über einen eleganten Flughafen, aber man ist gezwungen, eines der Parkhäuser aufzusuchen.

Wie sie befürchtet hat, muss sie sich ein Stockwerk nach dem anderen hochquälen. Erst ganz oben sind zwanzig freie Plätze angezeigt. Die Technik ist faszinierend. Über jeder Parklücke hängt ein Melder, der Grün zeigt, wenn die Parklücke frei ist. Sobald ein Auto den Platz besetzt hat, schaltet die Lampe auf Rot. ›Typisch für Düsseldorf‹, geht es ihr durch den Kopf. ›Nur das Luxuriöseste ist für die Düsseldorfer gut genug.‹ Schnell notiert sie sich die Etage, die Nummer der Parkbucht und die Farbe des Abschnitts, um nicht wieder durch das Parkhaus zu irren. Eigentlich hat sie im Gegensatz zu Clemens einen guten Orientierungssinn, aber die Parkhäuser am Flughafen bringen sie zur Verzweiflung. Was sie nie zugeben würde.

Kaum ist Maria an der Ankunftsschleuse angekommen, treten die beiden Freunde mit ihren Gepäckwagen durch die sich öffnenden Glastüren. Clemens, der schon bei den winzigsten Sonnenstrahlen an Farbe zulegt, ist dunkelbraun gebrannt. Und auch Alexander, der eher hellhäutige Typ, hat Farbe bekommen.

Maria breitet die Arme aus und begrüßt erst ihren Kollegen und dann seinen Freund mit einer festen Umarmung.

»So wie ihr ausseht, war euer Urlaub ein voller Erfolg.«

»Ja, sehr erholsam und ausgesprochen sportiv«, erwidert Clemens von Bühlow augenzwinkernd. Als er bei der Polizei anfing, gab es kaum eine freie Minute, in der er nicht Sport getrieben hatte, entweder war er in der Squash-Halle oder beim Handball. Doch mittlerweile bleibt ihm als Leitender Hauptkommissar dafür wenig Zeit. Träge ist er geworden. Was er sich nie eingestehen würde.

»Alexander wird dich schon angespornt haben«, frotzelt Maria. Ihre Augen lächeln den Psychologen an.

»Und wie war es im Präsidium?«, lenkt Clemens vom Thema ab.

»Nichts Spektakuläres. Der ganz normale Wahnsinn. Vielleicht haben wir Glück und eine entspannte Woche vor uns.«

Nachdem Maria sie zielsicher zum Auto geführt hat, die Skier und das Gepäck verstaut sind und sie die Serpentinen des Parkhauses hinunterfahren, beginnen die Heimkehrer zu erzählen. Alexander lobt die Skipisten und das Hotel in Schönau in den höchsten Tönen, während Clemens die fantastische Landschaft beschreibt.

»Wo immer du auch hingesehen hast, wir waren umgeben von einer einzigartigen Bergkulisse.«

Die Begeisterung ist ansteckend, doch Maria kennt ihren Kollegen gut genug, um zu wissen, dass die nächste Frage die Schwärmerei mit Sicherheit dämpfen wird.

»Und wie war das Essen?«

»Gar nicht übel. Eigentlich ganz gut.«

Maria horcht erstaunt auf. Clemens legt sehr viel Wert auf

gutes Essen, verfügt über einen ausgezeichneten Geschmack und ist selten zufrieden.

»Nur das Vorspeisenbuffet war eine Katastrophe.«

Maria schmunzelt. Also doch. War klar, dass da noch etwas kommen musste. Alexander verdreht die Augen. Denn nun legt Clemens richtig los.

»Du musst dir das so vorstellen: Alles, was es als Tellergericht gegeben hatte, fand sich auf wundersame Weise an den folgenden Tagen als Vorspeise wieder. Gegen Resteverwertung habe ich ja nichts, aber das war doch ziemlich einfallslos. Und das Salatdressing ließ auch zu wünschen übrig.«

Alexander unterbricht Clemens' Redeschwall. »Dafür waren die Weine ausgezeichnet.«

»Stimmt. Auch das frisch gezapfte Bier war super. Aber der Begrüßungscocktail, eine Schande. Du konntest zwischen einer giftig grünen oder einer orangen Flüssigkeit wählen, deren Geschmack undefinierbar war.«

»Und dann gab es noch zweimal in der Woche einen ›Mottoabend‹, gerade das Richtige für unseren Clemens«, wirft Alexander wieder ein.

»Genau.« Clemens lacht. »Eigentlich mag ich diese Art der Unterhaltung nicht. Aber Alexander und ich wollten uns mal ›volksnah‹ geben.«

Alexander deutet von der Rückbank eine Kopfnuss an Clemens' Hinterkopf an.

»Komm, am französischen Abend konnten wir kulinarisch nichts aussetzen und das Programm war anspruchsvoll.«

»Ja, die Käseauswahl war ausgezeichnet und die Chanson-Sängerin eine echte Wucht. Aber der skandinavische Abend war miserabel.«

»Wieso?«, fragt Maria überrascht, »die skandinavische Küche, allen voran die schwedische, ist doch eine der besten Europas.«

Clemens winkt ab. »Die schwedische Küche schon, aber nicht auf bayerische Art. Die hatten wirklich Rentierfleisch und Elchfleisch aufgefahren, sagenhaft, aber nur mit Pfeffer gewürzt, und davon echt zu viel. Auch die Beilagen passten nicht. Semmelknödel, so ein Quatsch.« Und schon geht sein

Temperament mit ihm durch. »Kartoffeln oder Kartoffelklöße, das wäre in Ordnung gewesen. Was aber besonders ärgerlich war, zu Rentier- oder Elchfleisch gehören einfach Preiselbeeren dazu, aber das hat sich bis Schönau noch nicht herumgesprochen. Und keine Spur von den schwedischen Süßspeisen, die sich wirklich sehen lassen können, dafür bekamen wir wieder einmal Kaiserschmarrn.«

»Der war aber gut«, meldet sich Alexander erneut zu Wort.

»Ja, wie jeden Abend«, entgegnet Clemens säuerlich.

»Dafür war der Aquavit klasse.« Alexander versucht sein Bestes, um den skandinavischen Abend zu retten.

»Stimmt. Und wenn ich mich richtig erinnere, sind wir am nächsten Tag auch nicht auf die Piste gegangen, oder verwechsle ich da etwas?«

»Hattet ihr einen dicken Kopf?«, fragt Maria belustigt nach.

»Nein, wie kommst du darauf?«, fragt Clemens gespielt entsetzt zurück.

Alle drei amüsieren sich köstlich. Und während Maria Esser den Wagen sicher durch das Baustellenchaos in der Innenstadt manövriert, erzählt Alexander ausführlich von Clemens' Grätsche im Tiefschnee.

»Das war reif für einen richtig guten Stunt. Hätte in Hollywood für Begeisterung gesorgt.« Er kann sich vor Lachen kaum halten.

Clemens dreht sich nach hinten zu seinem Freund um: »Dir fahre ich immer noch davon.«

Alexander gibt klein bei, da sein Freund eindeutig der bessere Skifahrer ist: »Ich weiß, ich weiß. Aber du hast so bedeppert ausgesehen. Gönn uns den Spaß.«

Als Erster wird Clemens im Hafen vor dem modernen Wohnhaus, in dem er sein Appartement hat, abgesetzt. Nachdem er den Skisack geschultert und die Haustür mit einem kräftigen Stoß geöffnet hat, dreht er sich kurz zu den beiden um, winkt ihnen zu und verschwindet im Hausflur. Maria startet und fährt zügig in den Rheinufertunnel Richtung Pempelfort. Hier wohnt sie auf der Parkstraße in einer gemütlichen Zweizimmerwohnung unterm Dach, Alexander gleich um die

Ecke auf der Prinz-Georg-Straße in einer komfortablen Maisonettewohnung, die zugleich seine Praxisräume beherbergt.

2.

Montag früher Abend Polizeipräsidium. Hauptkommissar Clemens von Bühlow hat den ganzen Tag damit verbracht, seine E-Mails zu lesen, den Inhalt seines Postkorbs abzuarbeiten und endlich einmal sein Büro gründlich aufzuräumen. So penibel ordentlich er in seiner Wohnung ist, so chaotisch ist es in seinem Büro. Doch trotz der Papierstapel in seinen Regalen gehört er zu den Menschen, die nicht lange suchen müssen, um den benötigten Vorgang mit einem Griff aus dem jeweiligen Stapel zu ziehen. Kriminalrat Otto Kreutz, sein Chef, ist jedes Mal fassungslos bei dem Anblick. Doch auch Clemens muss sich eingestehen, dass er den Überblick trotz seines fotografischen Gedächtnisses irgendwann einmal zu verlieren droht. Nur sein Schreibtisch ist immer akkurat aufgeräumt, was bei den Kollegen selten der Fall ist.

Er will gerade seinen Mantel überziehen, als Maria im Türrahmen erscheint.

»Na, wie war dein erster Tag?« Beeindruckt gleitet ihr Blick über die Regale. »Was ist denn hier passiert? Eine gute Fee?«

»Na ja, der Tag war ruhig. Und ich konnte endlich mal Ordnung schaffen. Dazu hatte ich ja vor dem Urlaub keine Zeit mehr. Schön, wenn es nicht gleich am ersten Tag schon wieder Mord und Totschlag gibt.«

»Wir haben per Inserat alle potenziellen Mörder und Totschläger gebeten, ihr jeweiliges Vorhaben noch etwas zu verschieben, damit deine Erholung nicht gleich wieder futsch ist.«

»Sehr zuvorkommend. Habt ihr eine längere Schonfrist ausgehandelt?«

»Das haben wir leider vergessen.« Maria versucht, einen zerknirschten Eindruck zu machen, was ihr nicht gelingen will.

»Aber ich habe eine Überraschung für dich.«

Clemens zieht eine Augenbraue hoch.

»Ich lade dich zum Essen ein.«

»Du willst doch nicht etwa selber kochen?«, rutscht es ihm spontan heraus.

Maria lacht und winkt ab, die Angst in seiner Stimme nimmt sie ihm nicht übel.

»Nein, nein. Entspann dich.«

»Und was hast du dir ausgedacht?«

»Wir machen uns jetzt erst einmal zur Herzogstraße auf. Alles Weitere wirst du vor Ort erfahren.«

Während sie zu der breit ausladenden Treppe des Polizeipräsidiums gehen, läuft Clemens in Gedanken die Herzogstraße ab. Was soll es denn kulinarisch Interessantes dort geben? Ihm fällt nichts ein. Früher gab es dort den kleinen Franzosen. La mère hat gekocht, ausgezeichnete gutbürgerliche französische Küche; der Ehemann hat mal mehr, mal weniger grantig seine zugegebenermaßen exzellenten Weine kredenzt und die etwas unscheinbare Tochter hat serviert. Aber das ist schon lange her. Die Schließung des Restaurants war ein wirklicher Verlust, den Clemens noch immer bedauert.

Maria betrachtet ihren Kollegen aus den Augenwinkeln. ›Wenn er gleich vor dem Chinesen steht, wird er ziemlich irritiert sein, denn von außen sieht das Restaurant nicht besonders einladend aus, aber das Essen ist wirklich gut. Und preiswert.‹

Sie beeilen sich, denn der Wind, der über den Fürstenwall weht, ist kalt. An der Ecke Elisabethstraße geht wieder der Spießrutenlauf los. Hier wird gebuddelt, was das Zeug hält, und ein Ende der U-Bahn-Arbeiten ist noch lange nicht in Sicht. Als die beiden endlich in die Herzogstraße einbiegen, schaut sich Clemens neugierig um. Immer noch hat er keine Idee, womit Maria ihn überraschen will. Vor dem China-Restaurant *New City* bleiben sie stehen. Wie sie es geahnt hat, kann sie Clemens die Skepsis vom Gesicht ablesen. Doch die Hauptkommissarin lässt sich nicht beirren und zieht die Eingangstür auf. Clemens folgt ihr zögernd.

Gleich im vorderen Teil des Restaurants nehmen sie an einem Tisch Platz. Maria bestellt zwei Pils und Clemens lässt seinen Blick über die Nachbartische gleiten. Langsam verschwindet sein Unbehagen. Hier wirkt alles bodenständig, fast spartanisch, die bei chinesischen Restaurants so häufig überladene Inneneinrichtung fehlt. Dafür dominieren zwei riesige runde Tische die Mitte des Restaurants, an denen lebhaft diskutierende Asiaten ihr Essen zu sich nehmen.

Als das frisch gezapfte Pils gebracht wird, muss er sich eingestehen, dass er Marias kulinarische Beurteilungsgabe unterschätzt hat. Pils vom Fass und das beim Chinesen, er wundert sich.

»Wenn du gestattest, wähle ich aus. Das gehört zur Überraschung dazu.«

Clemens lehnt sich entspannt zurück. Er genießt es, mal keine Empfehlungen aussprechen oder Entscheidungen treffen zu müssen. Zumal das Studium der ihm völlig unbekannten Speisekarte unnötig viel Zeit in Anspruch genommen hätte und er Hunger verspürt.

Souverän gibt Maria die Bestellung auf. »Wir nehmen einmal ›San Xian Jiao‹, ›Ji Guan Jiao‹, ›Xia Jiao‹, ›Fen Guo‹ und ›Guo Tie‹. Und als Vorspeise eine ›Suan-la-tang-Suppe‹.«

Clemens kann es kaum fassen, mit welcher Leichtigkeit Maria die chinesischen Namen über die Lippen bringt. Er schaut erstaunt die Bedienung an, die allem Anschein nach alles versteht und freundlich lächelt.

»Und was hast du nun bestellt?«

»Sei doch nicht so ungeduldig. Du wirst es gleich sehen.« Maria grinst ihren Kollegen an.

Die junge Bedienung serviert zuerst die Suppe in kleinen weiß-blauen Schalen mit den dazugehörigen klobigen Löffeln aus Keramik, die bei fehlender Konzentration zum Kleckern animieren. Clemens greift sich einen Löffel, probiert und ist sofort begeistert. »Die schmeckt ja toll, ein wenig süß-sauer.«

»Das ist eine Hühnersuppe mit ganz feinen Fleischstreifen und, richtig erkannt, mit süß-saurer Geschmacksnote. Wegen der roten Färbung wird sie auch als ›chinesische Gulaschsuppe‹ bezeichnet. Und scharf ist sie.«

Er winkt lässig ab. Doch nach wenigen Sekunden verspürt er eine plötzliche Schärfe, die ihm kurz den Atem nimmt, schnell wieder abebbt und ein wohliges Brennen hinterlässt. Maria freut sich. Sie hat die richtige Wahl getroffen, und so genüsslich, wie Clemens die Suppe isst, scheint es ihm wirklich gut zu schmecken. Kurz darauf werden fünf Bambuskörbchen auf ihrem Tisch abgestellt. Er betrachtet die noch dampfenden Leckereien.

»Ich habe mich für ›Dim Sum‹ entschieden. Die kleinen Gerichte sind gedämpft oder frittiert und bieten viel mehr geschmackliche Abwechslung als ein Hauptgericht. Und keine Sorge, das sieht zwar nicht nach viel aus, aber ich garantiere dir, dich können wir später nach Hause rollen.«

»Und was erwartet mich?«

»Probier mal. Auf Hühnerfüße habe ich übrigens verzichtet. Das war mir dann doch etwas zu gewagt.«

Schon greift Maria zu ihren Stäbchen und angelt schwungvoll die erste Reisteigtasche aus dem Korb, gefüllt mit Garnelen und mit Koriander gewürzt. Auch Clemens balanciert gekonnt das erste gedämpfte Rippchen mit schwarzen Bohnen auf seinen Teller.

Nachdem sie alles durchprobiert, hier und da etwas ›Sambal Oelek‹ oder ›Sambal Manis‹ dazugegeben haben, kann sich ihr Kollege ein Kompliment nicht verkneifen. »Tolle Idee! Ich glaube, so gut chinesisch habe ich schon lange nicht mehr gegessen.«

Er nimmt noch einen kräftigen Schluck Bier. »Sind die Menüs hier auch so gut?«

»Ja. Die Pekingente habe ich allerdings noch nicht ausprobiert.«

»Allem Anschein nach bist du hier öfter?«

»Die letzten zwei Wochen schon. Ich musste doch erst einmal alles testen, um dich überraschen zu können. Ist ja nicht so einfach bei einem Gourmet wie dir.«

»Das ist dir wirklich gelungen. Ich muss dir gestehen, der Begriff ›Dim Sum‹ war mir bis heute nicht geläufig.«

Maria lächelt verschmitzt. Es macht ihr sichtlich Freude, Clemens über die kleinen Köstlichkeiten aufzuklären.

»›Dim Sum‹ heißt übersetzt ›die, die das Herz berühren‹. Diese feinen Teigtaschen haben eine lange Tradition. Die Teigbällchen aus Hefe, Reis oder Weizen, gefüllt mit allem, was die Speisekammer hergibt, waren immer schon das klassische ›Arme-Leute-Essen‹. Der Legende nach hat vor einem Jahrtausend ein unersättlicher chinesischer Kaiser täglich nach neuen Gerichten verlangt. Die Köche des Hofes hatten bereits ihr gesamtes Können ausgeschöpft und aus Angst, hingerichtet zu werden, wenn ihnen nicht ständig etwas Neues einfiel, wagten sie es, Ihrer Majestät das Essen des Volkes zu kredenzen. Mit durchschlagendem Erfolg, wie du siehst, denn heute ist ›Dim Sum‹ weltweit, na ja, zumindest in den USA, Großbritannien, Deutschland und sogar in Frankreich der Hit.«

Während dieses kleinen Exkurses hat Clemens nicht nur aufmerksam zugehört, sondern sich auch noch mal kräftig bedient. Maria will ihn noch zu einer Nachspeise überreden, gebackene Banane oder Ananas, doch er winkt ab.

»Nichts geht mehr. Auch wenn der Nachtisch bestimmt köstlich ist, ich will mir das kleine Feuer am Gaumen noch etwas erhalten.«

3.

Montag später Abend Rheinufer in Benrath. Die Sonne ist vor Stunden untergegangen. Eigentlich müsste das Benrather Rheinufer in der Dunkelheit verschwinden, zumal die spärliche Beleuchtung der Uferstraße nur punktuell kleine Lichtkegel auf den Asphalt wirft. Doch der Vollmond spendet genügend Licht, um die Konturen der Bäume erkennen zu können, der Verlauf des Flusses ist deutlich sichtbar. Sogar das andere Ufer lässt sich ausmachen, da der Rhein an dieser Stelle nicht besonders breit ist. Die Bäume dort sehen wie schwarze Gerippe aus, die sich leicht im Wind bewegen. Kleine Schneeflocken tanzen in der Luft. Es ist still, nur ab und an hört man das Bellen eines Hundes.

Hod steht am Wasser und blickt über den Fluss. Der schneidende Wind macht ihm nichts aus, obwohl er nur mit Blouson und Jeans bekleidet ist. Hod mag schöne, junge Frauen. Blond und zart wie Feen müssen sie sein, anmutig und graziös in ihren Bewegungen, mit heller, fast durchsichtiger Haut. Während er andächtig auf das dunkle Wasser schaut, überkommt ihn ein tiefer Frieden. Seit einigen Stunden hat er Gewissheit. Er ist auf dem richtigen Weg, auch wenn er sein Ziel noch nicht erreicht hat. Aber dass er es erreichen wird, daran hat er nicht den geringsten Zweifel.

Hod wendet sich vom Wasser ab und geht ruhig über das feuchte Gras die kleine Anhöhe hinauf zu seinem Wagen, den er halb auf dem Gehweg geparkt hat. Er öffnet die Beifahrertür, löst den Sicherheitsgurt, umschlingt die junge Frau mit beiden Armen und hebt sie aus dem Auto. Behutsam trägt er sie die Rheinwiese hinunter zum Ufer. Nur das gefrorene Gras gibt unter der Last ein feines Knistern von sich.

Auf der Hälfte des Weges bemerkt er einen Spaziergänger mit Hund auf dem weiter oben gelegenen Fußweg. Hod dreht sich leicht mit dem Rücken zu ihm, lässt die Beine der jungen Frau sachte nach unten gleiten und nimmt den leblosen Körper in die Arme. Von Weitem könnte man den Eindruck gewinnen, hier sei ein Pärchen in inniger Umarmung versunken. Nichts spielt mehr eine Rolle, nur der leidenschaftliche Kuss und die Intensität des Moments.

Kaum ist der Spaziergänger in die Pigageallee eingebogen, nimmt Hod die junge Frau wieder auf den Arm. Ihr Kopf liegt an seiner Schulter. Er trägt sie bis an die äußerste Spitze der Buhne. Von hier aus blickt er nochmals auf das Wasser, bevor er langsam in die Knie geht. Mit einem Arm hält er die Frau eng umschlungen, mit der freien Hand entfernt er die größeren Steine und ebnet die Fläche. Behutsam setzt er sie ab, winkelt ihre Beine an, spreizt diese leicht und legt ihre Arme um die Beine. So hat sie festen Halt. Dann nimmt er die rote Rose, die er mitgebracht hat, und schiebt sie zwischen ihre gefalteten Hände. Die Frau scheint über die Rose hinweg auf den Rhein zu blicken. Nur ihr Oberkörper ist leicht in sich zusammengesunken.

Vorsichtig küsst er sie ein letztes Mal auf die Lippen und streicht ihr eine blonde Haarsträhne aus dem Gesicht. Er betrachtet sie mit einem Lächeln. Wunderschön ist sie, aber seine Braut ist sie nicht.

4.

Montag später Abend Herzogstraße. Es hat angefangen, leicht zu schneien. Als Clemens und Maria das Restaurant verlassen, weht ihnen eine kräftige Windböe die Flocken ins Gesicht. Clemens schaut erstaunt und Maria prustet los.

»Davon hatten wir die letzten zwei Wochen eine ganze Menge. Und die Meteorologen behaupten, dies sei erst der Anfang.«

»Also endlich mal ein richtiger Winter bei uns in Düsseldorf.«

Kaum hat der Hauptkommissar seinen Mantelkragen hochgeschlagen, vibriert sein Handy. Irritiert schaut er auf das Display, stößt einen tiefen Seufzer aus und nimmt das Gespräch an. Geduldig hört er zu und blickt dabei Maria an.

»Wir kommen gleich. Hast du schon im Rechtsmedizinischen Institut und bei der Staatsanwaltschaft angerufen?«

Clemens lauscht kurz, dann beendet er das Telefonat. »Das war auf der Heide. Sie haben eine Tote am Rheinufer in Benrath. Wohl eine ziemlich skurrile Geschichte. Er meint, das Ganze sähe nach einem Ritualmord aus, und will uns dabeihaben.«

»Kann die Bereitschaft das nicht mal alleine abwickeln?« Maria ist sichtlich ungehalten.

»Morgen landet der Fall ja doch auf unserem Schreibtisch. Dann können wir uns auch jetzt einen Eindruck verschaffen.«

Maria schüttelt verärgert den Kopf. Sie hätte den schönen Abend gerne noch mit einem Absacker in einer – zumindest für Clemens' Geschmack – bieder anmutenden ›Ein-Zimmer-Kneipe‹ in der Altstadt ausklingen lassen. Ein ›Becherovka‹, ein köstlicher Kräuterbitterschnaps, serviert in einem alten Zinnlöffel, wäre der krönende Abschluss gewesen.

Clemens schaut sich um und winkt das erste freie Taxi heran. »Wir wollen nach Benrath und bitte so schnell es geht.«

»Zwanzig Minuten brauche ich schon«, erwidert der Taxifahrer. Clemens gibt mit einer Handbewegung zu verstehen, dass sich daran nichts ändern lässt. Es geht immerhin fast durch die ganze Stadt bis in den Süden von Düsseldorf. Um diese Uhrzeit ist kaum noch Verkehr auf den Straßen, sie kommen zügig voran. Trotzdem dauert es eine gefühlte Ewigkeit.

»Hat auf der Heide schon gewusst, wer die Staatsanwaltschaft vertritt und wer als Rechtsmediziner Bereitschaft hat?«, fragt Maria.

»Nein. Darüber hat er nichts gesagt.« Er schaut Maria an. »Du würdest Pia Cremer und Dr. Hummel den Vorzug geben, nehme ich an.«

»Ja, eindeutig. Ich finde es immer wieder faszinierend, wie Hummel ohne sein Rechtsmediziner-Deutsch auskommt. Bei den Obduktionsprotokollen geht es nicht anders, aber seine mündlichen Ausführungen sind für Nichtmediziner gut verständlich.«

»Erstaunlich, wo er doch zu den älteren Kollegen gehört. Aber vielleicht liegt es daran, dass er schon das eine oder andere Buch über seine spektakulärsten Fälle geschrieben hat.«

»Hast du schon etwas von ihm gelesen?«

»Ja, er schreibt ziemlich flüssig und richtig spannend, aber nichts für schwache Nerven.«

»Ich amüsiere mich immer noch, wenn andere Rechtsmediziner von Totauffindung, Blutantragung oder Blutspurenverteilungsmuster-Analyse sprechen.«

»Wir sind auch nicht besser mit unserem Vokabular. Denk nur an die schönen Worte Leichensache oder Auffindesituation«, gibt Clemens zu bedenken. Im Rückspiegel sieht er den verwunderten Blick des Fahrers.

Mittlerweile befinden sie sich auf der Bonner Straße, kurz vor Benrath. Der Hauptkommissar gibt dem Fahrer genaue Anweisungen, wo er vor dem Schloss abfahren soll, um an die genannte Stelle am Rheinufer zu gelangen.

Der Taxifahrer biegt von der Benrather Schloßalle in die Pigageallee ein, die nur wenig beleuchtet ist. Am Ende der

Straße wird es heller. Große Scheinwerfer sind aufgestellt, die das Ufer ausleuchten. Das Taxi hält an und Clemens bezahlt.

»Was ist denn hier los?«, fragt der Fahrer neugierig.

»Werden Sie morgen bestimmt in den Lokalnachrichten hören, aber jetzt bitte schnell wenden und das Rheinufer verlassen.«

Hinter den Flatterbändern, die den Fundort großräumig absperren, sehen die beiden eine Menge Kollegen von der Spurensicherung, die das Terrain abgehen und jeden noch so kleinen möglichen Hinweis in Papiertüten asservieren. Clemens geht zum Kleintransporter der Kriminaltechnik und lässt sich zwei weiße Overalls geben, die Maria und er schnell überziehen. Kaum sind sie unter dem Absperrband hindurchgeschlüpft, kommt ihnen Oberkommissar Christian auf der Heide entgegen. Er macht einen durchgefrorenen Eindruck, kein Wunder bei der Kälte.

»Wir sind hier fast fertig. Nur Dr. Hummel und die Spurensicherung brauchen noch etwas Zeit.«

»Was kannst du uns sagen?«, will Maria wissen.

»Ein junges Pärchen, das im Restaurant *Pigage* gegessen hat«, der Oberkommissar zeigt stromabwärts, »wollte noch einen Spaziergang auf der Uferpromenade machen. Ihnen ist die Tote aufgefallen und sie haben uns alarmiert. Sie saß am äußeren Ende der Buhne, wohl mit angewinkelten Beinen, die Arme darum geschlungen, der Kopf Richtung Wasser. Als der junge Mann ihren Puls fühlen wollte, ist sie zur Seite gekippt, sodass wir von der Haltung der Toten keine Tatortfotos haben.«

Clemens und Maria hören konzentriert zu, ohne den jungen Kollegen zu unterbrechen.

»Die Tote trägt ein sogenanntes Tellertutu, ein eng anliegendes Top mit waagerecht abstehendem Spitzenrock, dazu feine Strumpfhosen und Ballettschuhe. Das war auch der Grund, warum sich das Pärchen der Toten genähert hat.«

»Wann haben sie die Frau gefunden?«, fragt Clemens nach.

»Gegen halb elf.«

»Würdest du die beiden für morgen ins Präsidium bestellen, möglichst früh?«

»Schon erledigt. Sie kommen um acht Uhr.«

»Hat sie Papiere bei sich?«

»Nein, wer die Tote ist, wissen wir noch nicht.«

»Wie alt schätzt du sie?«, fragt Maria.

»Anfang zwanzig, höchstens Mitte zwanzig.«

»Und sie soll eine rote Rose in den Händen gehalten haben. Die haben wir neben ihr gefunden.«

»Hat Schoeller sich schon geäußert? Haben wir es hier mit dem Fundort zu tun oder mit dem Tatort?«

»Alles spricht dafür, dass die Tote hier lediglich abgesetzt wurde.«

»Äußere Verletzungen?«

»Ja, mir sind Abriebspuren an den Handgelenken aufgefallen. Das teilweise Entkleiden habe ich Dr. Hummel überlassen. Da kommt er ja schon.«

Der breitschultrige Gerichtsmediziner mit dem mittlerweile lichten Haar begrüßt die Hauptkommissare freundlich und kommt ohne Umschweife zur Sache.

»Sie ist um die zwanzig Jahre. Dem ersten Anschein nach ist der Tod durch Ersticken eingetreten, dafür sprechen die roten, punktförmigen Einblutungen auf den Wangen, in Augenoberlid und -unterlid sowie in den Bindehäuten und hinter beiden Ohren. Ob sie tatsächlich erstickt wurde, wird die Obduktion zeigen.« Dr. Hummel setzt seinen schweren Tatortkoffer ab und berichtet weiter. »Der Körper zeigt Bisswunden an den Innenseiten der Oberschenkel und im Vaginalbereich. Sie scheint jedoch weder vergewaltigt noch penetriert worden zu sein. Abwehrverletzungen wie Prellungen oder Hämatome konnte ich nicht feststellen. Die erwähnten Bissverletzungen sind noch relativ frisch. Sie müssen ihr in den letzten zwei Tagen zugefügt worden sein. Zudem habe ich zirkuläre Hautrötungen und Abschürfungen an den Hand- und Fußgelenken erkennen können, die aller Wahrscheinlichkeit nach von einer Fesselung zu Lebzeiten herrühren.«

»Wann ist sie gestorben?«, fragt Maria.

»Das ist noch nicht so lange her. Die Totenflecken lassen sich wegdrücken, die Leichenstarre ist bisher nicht komplett eingetreten, die Gesichtsmuskulatur reagiert noch auf elektrische Reize und die Rektaltemperatur beträgt 30 Grad Celsius. Also ist der Tod vor sechs bis acht Stunden eingetreten.«

»Also heute zwischen vierzehn und sechzehn Uhr«, rechnet Clemens schnell nach.

»Ja. Alles Weitere wie immer nach der Obduktion.«

»Wann setzen Sie die an?«

»Sobald die Tote bei mir im Rechtsmedizinischen Institut angekommen ist. So in zwei Stunden, schätze ich.«

»Ich werde da sein«, versichert Clemens.

Dr. Hummel verabschiedet sich, greift nach seinem Koffer und ist schon im Begriff zu gehen, da wendet er sich den Kommissaren nochmals zu.

»Noch etwas ist mir aufgefallen. Die Tote hat ein Tattoo im Nacken, sieht von der Form aus wie eine Eisblume. Das scheint ihr post mortem gestochen worden zu sein.«

Clemens bedankt sich und wendet sich dann an Maria. »Wir schauen sie uns an, bevor sie in die Rechtsmedizin gebracht wird.«

Die Hauptkommissare überqueren die Wiese und betreten vorsichtig den kleinen Wall aus schweren Steinen, der wie ein langgestreckter Finger quer zum Ufer ins Wasser ragt. Dort liegt die Tote auf einer Folie.

›Mein Gott, so jung, so schön und so zerbrechlich‹, schießt es Clemens von Bühlow durch den Kopf. Er bückt sich und betrachtet ausgiebig das Tattoo, das gut sichtbar ist, da die Tote auf der Seite liegt und die Haare zu einem Dutt hochgesteckt sind.

»Das scheint mir professionell gemacht worden zu sein. Es sieht wirklich wie eine Eisblume aus, ganz filigran und verästelt, so wie man es sich in einem Winter in Sibirien vorstellt.«

Maria beugt sich ebenfalls über die Tote.

»Sprichst du mit Schoeller? Die Kriminaltechniker haben vielleicht auch schon erste Erkenntnisse. Ich ziehe mich zurück.«

Maria nickt. Sobald ihr Kollege sich einen ersten Überblick verschafft hat, sondert er sich immer ab, geht in Ruhe den Fundort ab und lässt ihn ungestört auf sich wirken. Sie blickt ihm nach, wie er über die Steine zurück an das Ufer balanciert, sich ein Stück entfernt auf eine Bank setzt und die Umgebung betrachtet.

Der Hauptkommissar ordnet seine Gedanken. So wie es aussieht, ist die Unbekannte hierher gebracht worden. Er schaut sich um. Das Benrather Schloßufer ist in diesem Abschnitt eine asphaltierte Straße, die von der Pigageallee aus zu erreichen ist und dann parallel zum Rhein in südlicher Richtung verläuft. Die Beleuchtung ist minimal, in den wenigen Häusern, die hier stehen, sind Sportvereine untergebracht, wie die Fahnen an den Masten vor den Häusern und die Schilder bei den Eingängen verraten. Hier dürfte sich um diese Uhrzeit keiner mehr aufhalten. Erst ein paar hundert Meter stromabwärts sieht es anders aus. Dort stehen moderne Wohnanlagen mit direkter Sicht auf den Rhein. Das Restaurant, von dem das junge Pärchen gekommen ist, liegt gut einen halben Kilometer stromabwärts an der Benrather Schloßallee. Zwischen dem Restaurant und dem Fundort der Leiche gibt es nur einen Fußweg. ›Spaziergänger dürften um diese Uhrzeit nicht mehr unterwegs gewesen sein. Höchstens Hundebesitzer. Davon könnte es in dieser Villengegend einige geben‹, überlegt er. ›Erstaunlich, dass die junge Frau niemandem aufgefallen ist. Wahrscheinlich ist sie erst kurz vor ihrer Entdeckung auf die Buhne gesetzt worden.‹

Er steht auf und nähert sich langsam der Stelle, an der die Tote gefunden wurde. ›Wir haben es hier weder mit einer Depersonifizierung zu tun – dazu sind die Verletzungen zu gering – noch mit einer typisch emotionalen Wiedergutmachung. Nichts deutet darauf hin, dass der Mörder seine Tat symbolisch rückgängig machen wollte. Auch die zugefügten Verletzungen haben nichts mit einer typischen Beseitigung von Individualmerkmalen zu tun, um die Identifizierung der Toten zu erschweren. Es ist das genaue Gegenteil. Die Tote soll auf den ersten Blick vollkommen unversehrt erscheinen. Aber die Art der Präsentation ist schon erstaunlich. Nicht einfach so abgelegt, sondern wie eine Lebende hingesetzt mit dem Blick auf den Rhein, geschmückt mit einer Rose, einer roten

Rose. Und bekleidet mit einem rosafarbenen Tellertutu. Und was bedeutet das Tattoo? Wenn es wirklich erst nach ihrem Tod gemacht worden ist, dann vom Mörder, und der dürfte dafür einen handfesten Grund gehabt haben.‹

5.

Dienstag ein Uhr morgens Rechtsmedizinisches Institut. Christian auf der Heide fährt Clemens zum Rechtsmedizinischen Institut der Universität Düsseldorf und setzt seinen Chef dort ab, bevor er sich auf den Weg zum Präsidium macht. Das wenige Licht auf dem Campus lässt das alte, efeubewachsene Haus noch unheimlicher erscheinen als bei Tag. Nachdem er geklingelt hat, öffnet ihm Dr. Lukas Schwert die Tür. Sie begrüßen sich wortlos. Der Hauptkommissar folgt dem Arzt in einen größeren Aufenthaltsraum, in dem das Team schon versammelt ist: Dr. Hummel, der die Obduktion leiten wird, ein Sektionsassistent, der Polizeifotograf und zwei Techniker der Spurensicherung. Offensichtlich übernimmt der Gerichtsmediziner Dr. Schwert die Aufgabe des zweiten Obduzenten. Alle sehen etwas übermüdet aus und stärken sich mit Espresso, der auch von Clemens dankend angenommen wird. Der riesige, verchromte Kaffeeautomat ist das Herzstück des kargen Raumes, in dem ein paar einfache Holzstühle, ein kleiner Tisch und eine Spüle stehen.

Mit einem kräftigen Schluck leert Clemens seine Tasse und schaut Dr. Hummel fragend an.

»Wir warten noch auf die Staatsanwaltschaft«, deutet Hummel dessen Blick.

»Wer ist für diesen Fall zuständig?«

»Oberstaatsanwältin Pia Cremer.«

Der Hauptkommissar nickt erleichtert. Mit Pia Cremer hat er bisher immer gut zusammengearbeitet. Sie ist kompetent, umgänglich und gewillt, Verantwortung zu übernehmen. Das kann man von anderen Kollegen der Staatsanwaltschaft nicht immer behaupten. Außerhalb der Arbeit ist sie sehr distanziert, über ihr Privatleben weiß niemand etwas. Es klingelt. Diesmal macht sich der Sektionsassistent auf den Weg. Pia

Cremer erscheint energiegeladen im Aufenthaltsraum. Die schlanke Blondine mit dem Bubikopf wirkt kein bisschen müde, aber ziemlich abgehetzt.

»Entschuldigung, dass Sie warten mussten, aber ich habe mich noch kurz umgezogen.«

»Wo hat man Sie denn hergeholt?«, fragt Clemens amüsiert.

»Aus der Oper«, seufzt die Oberstaatsanwältin, »und das kleine Schwarze fand ich für diesen Anlass hier unpassend.«

Nachdem Pia Cremer und Clemens von Bühlow wasserdichte Umhängeschürzen übergezogen haben, geht die Gruppe in den großen Sektionssaal. Er ist so hell erleuchtet, dass es in den Augen schmerzt.

Auf einem der parallel angeordneten Sektionstische liegt die junge Frau. So spät in der Nacht ist die Atmosphäre bei einer Obduktion noch unwirklicher als tagsüber. Auch wenn Clemens und die Oberstaatsanwältin das Procedere kennen, ist es heute anders: ruhig, bedächtig, fast schon konspirativ. Normalerweise sind alle Sektionstische besetzt, es ist laut und lebhaft. Während der eine Obduzent ins Diktiergerät spricht und der Polizeifotograf seine Fotos schießt, schaltet ein anderer Rechtsmediziner vielleicht gerade seine Oszillationssäge an, die ohrenbetäubenden Lärm macht.

Dr. Hummel beginnt zusammen mit den Kriminaltechnikern, Faserspuren mit Klebefolie von der Kleidung der Toten abzunehmen und die junge Frau danach behutsam von der Kleidung zu befreien. Dann unterzieht er den Körper einer intensiven Betrachtung und spricht dabei alle seine Beobachtungen auf Band. Zuerst ermittelt er den Zahnstatus.

»Nach dem Zustand der Zähne zu urteilen, bestätigt sich meine Annahme, dass die Frau Anfang zwanzig ist. Die wenigen Füllungen, die sie hat, sind allesamt Zahnarbeiten neueren Datums, die nach westeuropäischem Standard ausgeführt wurden.«

Unter dem grellen Neonlicht des Sektionssaales zeigen sich die punktförmigen Einblutungen auf den Wangen und in der Bindehaut um ein Vielfaches deutlicher als am Fundort.

Auch geringe Hautvertrocknungen an Oberlippe, Nasenspitze, Nasenflügeln und Kinn werden jetzt sichtbar.

»Dieser dünne, hellbraune Schorf ist ein Indiz dafür, dass die junge Frau erstickt wurde«, erläutert Dr. Hummel. »Man kann schon jetzt sagen, dass ihr ein Kissen aufs Gesicht gedrückt wurde. Dadurch entstehen zu Lebzeiten minimale Hautabschürfungen, die dann Schorf bilden, auch noch nach Eintritt des Todes.«

Nun wendet sich der Gerichtsmediziner dem Tattoo im Nacken der Frau zu. »Dies ist nicht nur künstlerisch eine eindrucksvolle Arbeit, sondern auch gut ausgeführt. Die Farbpigmente sind in die Dermis, also in die mittlere Lederhaut, eingestochen. Nur so ist das Tattoo dauerhaft haltbar.«

›Verrückt‹, denkt Clemens. ›Wenn es stimmt und das Tattoo wurde erst nach ihrem Tod gestochen, sollte es über den Tod hinaus haltbar sein.‹

»Ich habe ja bereits bei der Leichenschau vor Ort darauf hingewiesen, dass das Tattoo post mortem entstanden sein kann. Es sieht auch weiterhin danach aus, obwohl wir erst nach den histologischen Untersuchungen Gewissheit haben werden.«

»Worauf führen Sie die Annahme zurück?«, fragt Clemens.

»Die Hautkonsistenz unterhalb des Tattoos ist atypisch. Sonst sind die tätowierten Stellen trockener als die restliche Haut. Hier aber hat sich Flüssigkeit angesammelt, die nicht mehr die Zeit hatte, sich abzubauen.«

Als Nächstes widmet sich Dr. Hummel den Bisswunden an den Oberschenkeln. »Die Zahnabdruckkonturen sind stark ausgeprägt, hier wurde mit erheblicher Wucht zugebissen. Das sehen Sie nicht nur an dem vollständigen Abdruck der Zahnreihen, sondern auch an der nicht unerheblichen Ausprägung der Hämatome. Der Täter hat mehrmals zugebissen. Die unterschiedlichen Verfärbungen um die Bisswunden herum deuten darauf hin, dass zwischen den Attacken Zeit vergangen ist. Damit werden wir das Gebiss des Täters ziemlich gut rekonstruieren können.«

Dr. Hummel geht einen Schritt zur Seite, damit der Polizeifotograf weitere Aufnahmen machen kann.

Er zeigt auf die Hautabschürfungen an den Hand- und Fußgelenken, die deutlich sichtbar sind.

»Die sind dem Opfer noch zu Lebzeiten zugefügt worden. Die Fesselung wurde mit einem groben Strick ausgeführt, der nicht allzu fest angezogen war. Die Abschürfungen muss sich das Opfer bei dem Versuch, sich zu befreien, zugezogen haben.«

Dr. Hummel gibt seinem Assistenten ein Zeichen. Er soll mit den Kriminaltechnikern den Körper der Toten nach Anhaftungen absuchen, getrocknetem Speichel oder Spermaspuren.

»Jetzt wird es ein wenig unschön, aber Sie kennen das ja«, bemerkt der Gerichtsmediziner, der es immer wieder erlebt, wie selbst die erfahrensten Kommissare und Staatsanwälte bleich werden, wenn die innere Leichenschau beginnt. Clemens von Bühlow und Pia Cremer, die bisher nahe am Sektionstisch standen, weichen einen Schritt zurück.

Dr. Hummel, Dr. Schwert und der Sektionsassistent öffnen gleichzeitig die drei Körperhöhlen der Verstorbenen: Kopfhöhle, Brusthöhle und Bauchhöhle. Das Gehirn und alle inneren Organe werden entnommen, gewogen, auf Erkrankungen und Zeichen von Gewalteinwirkung untersucht. Konzentriert und schnell werden Gewebe- und Blutproben entnommen.

Nachdem Dr. Hummel die inneren Organe mit einer Schere aufgeschnitten hat, bittet er die Oberstaatsanwältin und den Hauptkommissar, etwas näher zu kommen.

»Hier haben wir den endgültigen Beweis für einen Erstickungstod. Sehen Sie, wieviel Blut von der Schnittfläche der Organe abfließt? Und in den Blutgefäßen ist auffallend viel flüssiges Blut. Für sich genommen sind das unspezifische Befunde, aber zusammen mit den Befunden der äußeren Leichenschau ist das eindeutig.«

Während der Sektionsassistent die sezierten Organe wieder in den Leichnam zurücklegt und die Schnitte zunäht, begleitet Dr. Hummel die beiden Zuschauer in den Vorraum des Sektionssaals, wo sie sich von ihrer wasserdichten Kleidung befreien.

»In ein paar Stunden haben Sie das Obduktionsprotokoll auf dem Tisch.«

Kaum haben Pia Cremer und Clemens von Bühlow das Gebäude der Rechtsmedizin verlassen, atmen sie die kalte, aber klare Luft mehrmals bis tief in ihre Lungenflügel ein. Der Geruch des Todes, ein Mix aus Formalin, Blut, Verwesung und Desinfektionsmitteln, hat sich nicht nur in den Wänden des Institutes festgesetzt, sondern umgibt jeden, der das Institut verlässt, wie eine Aura. Da helfen nur eine Dusche und die Waschmaschine.

»Ich frage mich, wie die das tagein, tagaus aushalten.« Pia Cremer schaut ihren Kollegen an.

»Man gewöhnt sich wohl irgendwann daran«, antwortet er wenig überzeugend.

»Sie sind ohne Auto hier?«

Clemens bejaht.

»Dann bringe ich Sie nach Hause.«

»Das wäre prima, aber bitte nur, wenn es nicht allzu viele Umstände macht.«

Stumm sitzen sie nebeneinander. Obwohl die Staatsanwältin einen spritzigen Fahrstil hat und ihren schnittigen SLK souverän über die Witzelstraße zurück in die Innenstadt steuert, merkt Clemens ihr die Erschöpfung an.

Mit den Worten »Wir sehen uns ja bald und danke fürs Mitnehmen« verabschiedet er sich.

6.

Dienstag früher Morgen Polizeipräsidium. Clemens von Bühlow und Maria Esser stehen mit Kaffeebechern in der Hand im Büro von Kriminalrat Otto Kreutz. Vor gut sechs Jahren hat Clemens bei Kreutz in der Mordkommission angefangen, damals war sein Chef noch Hauptkommissar. In der Zwischenzeit haben beide Karriere gemacht. Clemens ist der jüngste Leitende Hauptkommissar im Polizeipräsidium am Jürgensplatz und Kreutz hat es ohne Studium nicht nur in den höheren Dienst geschafft, sondern auch zum Leiter des Morddezernates. Mehr als ein Beweis dafür, dass er ein ausgezeichneter Ermittler ist und Führungsstärke besitzt.

»Natürlich bekommt ihr den Fall. Ich werde auch Oberkommissar Christian auf der Heide von der Bereitschaft abziehen, sodass ihr im bewährten Team arbeiten könnt.«

»Bei unserem letzten spektakulären Einsatz haben sich Sonja Melchior und Florian Schmidt freiwillig zur Mitarbeit gemeldet. Die haben sehr gut zu uns gepasst. Ich würde ungern auf sie verzichten.«

»Clemens, das sieht mir ganz danach aus, als wenn du daran arbeitest, dem Dezernat Raub zwei vielversprechende Kommissaranwärter abzuwerben.«

»Nein, wie kannst du so etwas denken. Ich fische nicht in fremden Gewässern.«

Maria dreht sich zur Seite, damit die beiden ihr breites Grinsen nicht sehen können. Natürlich setzt Clemens alles daran, zwei so interessierte und engagierte Leute unter seine Fittiche nehmen zu können. Das ist nicht nur ihr, sondern auch Kreutz klar.

»Ich werde mein ganzes diplomatisches Können aufwenden müssen, denn Hauptkommissar Eiler wird nicht begeistert sein«, bemerkt der Kriminalrat trocken.

»Bei deiner Autorität machst du das mit links.«

Kreutz lacht auf.

»Wann haltet ihr die erste Besprechung ab?«, fragt er, nun wieder ernst.

»Sobald die Befragung mit dem Pärchen, das die Tote gefunden hat, vorüber ist, so in anderthalb Stunden. Du kommst doch auch?«

»Ja, klar.«

Auf dem Flur, von dem unzählige Türen zu den einzelnen Büros abgehen, begegnen den Hauptkommissaren zwei junge Leute, die sich suchend umschauen.

»Sie wollen sicher zu uns«, spricht Maria Esser die beiden an.

»Der Pförtner hat mit einem Kollegen von Ihnen telefoniert und der meinte, wir könnten schon mal nach oben kommen«, antwortet der große, rotblonde junge Mann mit dem fein geschnittenen Gesicht und den wachen Augen, der sich als Sven Anders und seine Freundin als Thea Klein vorstellt.

Clemens von Bühlow bitte das Paar in eines der kleinen Besprechungszimmer, die im Gegensatz zu den Vernehmungsräumen Fenster haben und frisch geweißelt sind. Während die beiden sich nebeneinander an den länglichen Tisch setzen und Clemens sein kleines schwarzes Notizbuch aufschlägt, besorgt Maria für die beiden Kaffee, denn sie sehen nicht aus, als ob sie in dieser Nacht viel Schlaf bekommen hätten.

Der Kaffee aus dem Automaten ist kein wirklicher Genuss, aber er hilft, wacher zu werden. Nachdem der Hauptkommissar die Personalien aufgenommen und die eine oder andere Frage zur Person gestellt hat, entspannen Thea und Sven etwas. Für den Ermittler ein Zeichen, mit der Befragung anzufangen.

»Schildern Sie uns bitte Ihre Eindrücke, nachdem Sie das Restaurant verlassen haben.«

»Nach dem Essen wollten wir uns noch etwas bewegen und sind deshalb nicht direkt nach Hause gegangen, sondern haben den Weg am Rhein genommen«, erklärt Sven.

»Wann war das?«

»Kurz nach zehn.«

»Ist Ihnen jemand begegnet?«

»Nein. Wir haben niemanden gesehen.« Der junge Mann schaut zu seiner Freundin, die den Kopf schüttelt. »Am Ende des Weges haben wir auf den Rhein geguckt. Und da haben wir an der Spitze der Buhne etwas bemerkt, das uns irritiert hat«, berichtet er weiter.

»Ich hatte sofort den Eindruck, dass dort ein Mensch kauert. Und das schien mir bei dem Wetter und der Uhrzeit merkwürdig«, ergänzt Thea Klein.

»Wir sind dann langsam zum Ufer gegangen, da wir niemanden erschrecken wollten und auch nicht wussten, was uns dort erwarten würde.«

»Wie hat die Situation auf Sie gewirkt?«

»Ich habe befürchtet, dort sitzt jemand, der sich gleich das Leben nehmen will«, beantwortet Sven Anders die Frage von Maria.

»Je näher wir herankamen, desto unwirklicher wurde es. Unsere Vermutung bestätigte sich. Wir erkannten eine zierliche Gestalt, die ein dünnes Kleid trug, so wie Balletttänzerinnen«, erläutert Thea Klein. Sie wendet sich ihrem Freund zu, der ihr zunickt, dann redet sie weiter.

»Sie saß ja mit dem Rücken zu uns. Wir haben sie ruhig angesprochen, aber keine Antwort erhalten. Und dann sind wir um sie herumgegangen. Die Frau war in sich zusammengesunken, die Knie angewinkelt und die Arme lagen um ihre Knie. In den Händen hielt sie eine Rose.«

»Ich beugte mich zu ihr herunter«, erklärt nun wieder Sven Anders, »sie starrte mich an, zeigte aber keine Regung.«

Bisher haben sich die beiden ganz gut gehalten, aber nun merken Clemens und Maria, wie der Schreck zurückkommt. Der junge Mann spricht weiter, weil seiner Freundin die Tränen kommen.

»Es war beängstigend. Ich wollte ihren Puls fühlen, aber als ich die Finger an ihren Hals legte, ist sie einfach umgekippt.«

»Und spätestens da war uns klar, dass sie tot sein musste«, kommt es stockend von Thea.

»Ist Ihnen irgendetwas anderes aufgefallen, geparkte Autos an der Straße, Spaziergänger, Geräusche?«, hakt Clemens nach.

»Nein, weder bevor wir die junge Frau entdeckt haben, noch danach«, antwortet Thea.

»Bitte überlegen Sie noch einmal. Manchmal fällt einem erst im Nachhinein etwas ein, was man in Stresssituationen nur unbewusst wahrgenommen hat«, versucht Maria, die beiden zu motivieren. Doch das Erlebte sitzt dem Paar noch zu sehr in den Knochen. Die lebhafte Thea, aber auch Sven, der einen eher ruhigen Eindruck macht, werden immer nervöser.

»Wie hätten wir uns denn verhalten sollen?«, wendet sich Sven an den Hauptkommissar.

»Machen Sie sich keine Gedanken. Sie haben alles richtig gemacht. Die Spurensicherung kriegt das hin. Haben Sie die Schuhe mitgebracht, die Sie gestern anhatten?«

»Nein, die haben wir gestern schon Ihrem Kollegen gegeben.«

Thea bemerkt den fragenden Blick und ergänzt: »Ein Polizist hat uns ein Taxi gerufen.«

Jetzt muss Clemens schmunzeln.

»Will jemand noch einen Kaffee?«, fragt Maria und bekommt gleich drei Becher entgegengestreckt. Clemens nutzt die Pause und macht sich Notizen, fragt Sven und Thea über Privates aus. Die Situation entspannt sich wieder. Kaum hat Maria die Becher mit dem dampfenden Kaffee auf den Tisch gestellt, geht es weiter.

»Um welche Uhrzeit haben Sie die Tote gefunden?«, fragt Maria.

»Wir waren vielleicht gerade einmal fünfzehn Minuten unterwegs, als wir sie sahen. Das müsste gegen halb elf gewesen sein«, überlegt Thea.

»Ist Ihnen wirklich niemand begegnet?«, fragt Maria nochmals nach.

»Nein, niemand. Auch bei der Wohnanlage waren nur noch wenige Fenster erleuchtet«, antwortet Sven.

Trotz geschickter Fragen gelingt es den Ermittlern nicht, an weitere Informationen zu gelangen.

»Dann bedanken wir uns, dass Sie uns so bereitwillig Auskunft erteilt haben. Und sagen Sie uns Bescheid, wenn Ihnen noch etwas einfallen sollte.« Clemens drückt Thea seine Visitenkarte in die Hand und bringt beide bis an das Ende des langen Flures. Sven geht auf die große Treppe zu, aber Thea zupft ihn am Ärmel seiner Jacke und zeigt auf den Paternoster. Sie dreht sich zu Clemens um. »Der steht doch bestimmt unter Denkmalschutz, oder?«

Clemens grinst. »Ja, tut er, funktioniert aber tadellos. Und das, obwohl er der älteste in Düsseldorf ist.«

Thea geht zielstrebig auf den hölzernen Aufzug zu und zieht Sven mit sich, der nur widerwillig den Schritt in die enge Kabine wagt. Clemens kann den jungen Mann gut verstehen. Auch er nimmt lieber die Treppe. Aber viele seiner Kollegen lieben es, mit 0,25 Metern pro Sekunde durch den Schacht zu ruckeln. Nur der Paternoster im Finanzamt Mitte an der Fischerstraße soll etwas schneller sein.

Zurück in ihrem Büro startet Maria Esser einen Rundruf, um das Team für die erste Besprechung zusammenzutrommeln. Clemens überfliegt das Obduktionsprotokoll, das schon auf seinem Schreibtisch liegt. Es klopft. Seine Kollegin lehnt lässig an der geöffneten Tür.

»Ich habe die Besprechung in einer Stunde angesetzt, damit Armin Schoeller, Pia Cremer und Dr. Hummel daran teilnehmen können. Vielleicht haben wir Glück und unsere Kommissaranwärter können dann auch dazukommen«, berichtet sie kurz.

»Gut, dann lass uns schnell in der Kantine noch ein Croissant essen. Mir ist flau im Magen von dem starken Kaffee.«

»Hast du nicht gefrühstückt?«

»Wann denn? Ich bin froh, dass ich überhaupt pünktlich hier war.«

Kurz nach zehn betritt Clemens zusammen mit Maria den großen Besprechungsraum, der erst vor Kurzem ebenso wie die Flure des Präsidiums gestrichen wurde. Doch die strahlend weißen Wände lassen den großen Konferenztisch mit den abgestoßenen Ecken und die jahrzehntealten Stühle nun noch schäbiger erscheinen. Lediglich der große Stadtplan von Düsseldorf gibt dem Raum Farbe.

Die Kommissaranwärter sind schon da und Clemens geht erfreut auf sie zu. »Schön, dass ihr wieder dabei seid.« Erst gibt er Sonja Melchior die Hand. Die Polizistin reicht ihm gerade bis zur Brust und strahlt ihn aus dunklen Augen an. Dann wendet er sich Florian Schmidt zu und blickt in das fröhliche, mit Sommersprossen übersäte Gesicht des Rotschopfs.

»Wir freuen uns auch«, kommt es von ihm zurück.

»Auch über die vielen zu erwartenden Überstunden?«, fragt Clemens mit einem Augenzwinkern.

»Die haben wir auch so. Mord und Totschlag sind aber eindeutig interessanter als Raub.«

»Lass das bloß Kollege Eiler nicht hören.« Der Hauptkommissar dreht sich zu den anderen um. Pia Cremer hat schon am großen Besprechungstisch Platz genommen, Christian auf der Heide öffnet gerade eine kleine Wasserflasche und Armin Schoeller, der Leiter der Kriminaltechnik, ordnet seine Papiere.

»Wo sind die anderen?«, fragt Clemens irritiert.

Kommissar Hendrik Flemming, der Recherche- und Computerexperte, schaut vom Bildschirm seines Notebooks auf.

»Dr. Hummel verspätet sich etwas. Er wartet noch auf die histologischen Befunde, um die letzten ausstehenden Ergebnisse der Obduktion referieren zu können. Und Jochen Mönnekes hatte noch einen Termin wegen der neuen Informationsbroschüre.«

Kaum hat Flemming den Satz beendet, betritt Kriminalrat Otto Kreutz den Raum. »Entschuldigt meine Verspätung, ich bin aufgehalten worden.«

Bevor Clemens etwas erwidern kann, steht Jochen Mönnekes, der Polizeisprecher, sichtlich abgehetzt im Raum.

»Dann sind wir fürs Erste vollzählig. Also lasst uns anfangen. Auf Dr. Hummel warten wir nicht«, beschließt er, der wie beim letzten großen Fall, als sie den Mörder von freigesprochenen Missbrauchsangeklagten jagten, die Leitung der Ermittlungen von Kreutz übertragen bekommen hat.

Clemens berichtet über die Befragung von Sven Anders und Thea Klein, wie, wo und wann diese die Leiche gefunden haben. Dann fasst er die Ergebnisse der äußeren Leichenschau und der Obduktion zusammen und ergänzt weitere Befunde aus dem Obduktionsbericht.

»Noch können wir nichts über die Identität der jungen Frau sagen. Aber wir haben eine Vielzahl von Anhaltspunkten, um dem Täter auf die Spur zu kommen. Er hat sich nicht die geringste Mühe gemacht, Spuren zu beseitigen oder zu vermeiden. Auf der Leiche wurden Anhaftungen von Sperma und Speichel gefunden, somit haben wir seine DNA. Auch Fingerabdrücke sind zahlreich vorhanden, sowohl an der Leiche als auch an der Kleidung der Toten. Anhand der Bisswunden konnten Dr. Hummel und sein Team zwar nicht den gesamten Zahnstatus ermitteln, aber es ist ihnen gelungen, die Form des Gebisses und die Besonderheiten der Zahnstellung zu rekonstruieren. Falls Dr. Hummel den Todeszeitpunkt nicht noch weiter eingrenzen kann, gehen wir von einer Zeitspanne am Montag zwischen vierzehn und sechzehn Uhr aus. Das bedeutet, der Tatort ist nicht der Fundort. Die Leiche wurde lediglich am Rheinufer abgelegt. Wann, können wir noch nicht sagen, außer, Armin, du hast diesbezüglich neue Erkenntnisse.«

Clemens wendet sich Armin Schoeller zu, der von seinen Unterlagen aufschaut und sofort das Wort ergreift. »Dass der Fundort nicht der Tatort ist, war schon gestern Abend klar. Alle Schuhabdrücke konnten wir zuordnen, sowohl die des Pärchens als auch die der Kollegen vor Ort. Das bedeutet: Unser Täter trug Schuhe der Größe 43 mit starkem Profil. Die Anordnung des Profils deutet auf Holt-Boots mit Blockabsatz und Air-Cushion-Sohle hin. Es gibt nur vier Anbieter auf dem Markt, die diese Schuhe herstellen.«

Nach einem kurzen Blick auf seine Zettel referiert Armin Schoeller weiter. »Die relevanten Schuhabdrücke zeigen eine Spur von der Straße aus, also vom Benrather Schloßufer, den kleinen Abhang hinunter bis zum Beginn der Buhne. So wie sich der Profilabdruck darstellt, war der Täter schwer oder –

was naheliegend ist – er hat die Leiche getragen, da wir keine Schleifspuren finden konnten. Die anderen Schuhabdrücke haben das gefrorene Gras weniger zerdrückt. Und so kommen wir dem Zeitpunkt näher, wann der Täter die Leiche abgelegt hat.«

Alle hören dem kleinen, drahtigen Kriminaltechniker aufmerksam zu, was dieser zu genießen scheint, denn nach einer rhetorischen Pause fährt er bedächtig fort: »Die Temperaturen gestern waren für diese Jahreszeit recht moderat. Erst um zwanzig Uhr wurde es wieder kälter und das Thermometer fiel unter null Grad. Dazu der leichte Schneefall. Gegen halb zehn gestern Abend war die Temperatur so weit gefallen, dass sich Raureif bildete. Vergleicht man nun die Spuren der Schuhabdrücke miteinander, die des jungen Pärchens, die um 22.30 Uhr entstanden, und die der Bereitschaft, die um 22.50 Uhr verursacht wurden, und das bei einer kontinuierlichen Absenkung der Temperatur von einem halben Grad pro Viertelstunde, dürften die Spuren des Täters um kurz vor zehn Uhr abends entstanden sein.«

»Also hat er die Leiche dort platziert, knapp dreißig Minuten, bevor sie gefunden wurde«, rutscht es Clemens heraus.

Schoeller bestätigt dies durch ein Nicken. »Zudem haben wir Abriebspuren der diversen Schuhsohlen an den Steinen der Buhne gefunden, die aber keine neuen Erkenntnisse bringen, nur die bisherigen untermauern. Anders sieht es bei den Faserspuren aus, die wir von der Kleidung der Toten genommen haben.«

Wieder macht Schoeller eine Pause. Maria ist irritiert, dass er sich eine neue Marotte ausgedacht hat. Diesmal ist es nicht die Lesebrille, die ihm ständig von der Nase rutscht, und er hat auch bisher kein einziges Mal auf die Uhr geschaut. Stattdessen macht er ständig Pausen.

Schoeller greift nach dem Spurensicherungsblatt, auf dem die Textiltechniker akribisch vermerkt haben, von welcher Stelle der Kleidungsstücke die Klebestreifen mit den jeweiligen Fasern stammen.

»Nach den Ergebnissen der mikroskopischen Untersuchungen der Faserspuren ergibt sich folgendes Bild: Wir haben verschieden eingefärbte Baumwollfasern gefunden, in Schwarz und Weiß. Der Täter muss eine Jeans getragen haben, denn wir haben eine Menge gleicher Faserspuren von Jeansstoff auf der Kleidung der Toten gefunden. Das könnte zu einem späteren Zeitpunkt für die Ermittlungen entscheidend sein, denn Jeansfasern bekommen durch den Herstellungsprozess, die Tragedauer und das Waschen einen individuellen Charakter. Wenn wir also den Täter gefunden haben, benötigen wir als Beweis nur noch die Übereinstimmung der Fasern mit einer Jeans, die sich in seinem Besitz befindet.«

Die Anspannung der letzten Stunde macht sich spontan Luft, als Maria losprustet: »Dann brauchen wir nur noch die Jeans des Mörders zu finden.«

Kriminalrat Kreutz sieht Maria streng an, die entschuldigend mit den Achseln zuckt. Auch die anderen empfinden die Bemerkung der Hauptkommissarin zwar als unpassend, aber als wohltuendes Ventil. Selbst Pia Cremer, die immer freundlich ist, aber Albernheiten oder unnötige Störungen nicht ausstehen kann, muss schmunzeln. Dass Armin Schoeller eingeschnappt reagiert, war vorauszusehen. Sein exzellenter Ruf als Kriminaltechniker geht weit über Düsseldorf hinaus, ebenso das Wissen, dass der ›Grantler‹, wie er liebevoll von den Kollegen genannt wird, keine Spur von Humor besitzt.

Unbeabsichtigt rettet Dr. Hummel die Situation. Wie gewohnt steht er ohne anzuklopfen im Besprechungsraum. Der kompakt wirkende, aber trotzdem erstaunlich wendige Gerichtsmediziner grüßt freundlich, knallt seine Aktentasche auf den Tisch und schaut in die Runde.

»Gibt es sonst noch Ergebnisse von Seiten der Kriminaltechnik?«, versucht Clemens von Bühlow, Schoeller zu beschwichtigen.

»Nein, das war es im großen Ganzen.«

»Hat noch jemand Fragen?«

Sonja Melchior meldet sich zu Wort. In ihrer Frage steckt nicht nur Wissbegierde, sondern auch das Bedürfnis, Schoellers Unmut wegzuwischen.

»Das Herstellungsverfahren bei Jeans ist doch ziemlich

ähnlich. Wie kann man dann zu so exakten Resultaten gelangen?«

Die Strategie geht auf, Schoeller gibt bereitwillig Auskunft. »Gerade bei der Herstellung von Jeans werden unterschiedliche chemische Elemente verwendet und je länger ein Textil in Gebrauch ist, desto signifikanter wird die Elementzusammensetzung. Das heißt: Wir können nicht nur das Kleidungsstück einer bestimmten Produktion zuordnen, sondern eindeutig die jeweilige Jeans als die des Täters bestimmen. Das ist wie ein chemischer Fingerprint.«

Clemens atmet einmal tief durch, dann bittet er Dr. Hummel, seine neuesten Ergebnisse kurz darzustellen.

Dieser berichtet wie gewohnt im Stehen. »Ich habe Ihnen den Zahnstatus der Toten mitgebracht.« Er hält eine Mappe mit den Aufnahmen und der Beschreibung in der Hand und sieht sich um, wem er sie überreichen kann. Hendrik Flemming steht auf, geht zu ihm hinüber und nimmt die Mappe an sich. Als Aktenführer ist er für den Abgleich und die Dokumentation aller eingehenden Informationen zuständig. Er wird es auch sein, der sich mit den Kollegen in Verbindung setzt, die für die Koordination der Vermisstenanzeigen zuständig sind.

»Wir haben sowohl im Blut als auch im Urin der Toten nichts finden können, was auf regelmäßigen oder kurzzeitigen Drogen- oder Alkoholmissbrauch schließen lässt. Wir können also die fehlenden Abwehrverletzungen aus rechtsmedizinischer Sicht nicht erklären.«

»Absolut keine Abwehrverletzungen?«, fragt Clemens sichtlich erstaunt nach.

»Weder aktive noch passive. Das spricht für die Annahme eines überraschenden Angriffs ohne Möglichkeit der Gegenwehr. Oder aber«, Hummel schaut Clemens nun direkt an, »wir müssen von einem wehrlosen Opfer ausgehen. Möglich, dass sie durch K.O.-Tropfen außer Gefecht gesetzt wurde. Aber das ist lediglich eine Vermutung.«

»Lassen sich K.O.-Tropfen nicht nachweisen?«, bemerkt Sonja Melchior verwundert.

»Schon. Aber die Gamma-Hydroxybuttersäure, nichts anderes sind die sogenannten K.O.-Tropfen, baut der Körper innerhalb von zwölf Stunden ab. Im Blut, im Urin und selbst im Gewebe ist dann die Substanz nicht mehr auffindbar.«

»Kann da nicht eine Haaranalyse weiterhelfen?«

»Ja, aber nur dann, wenn die Person mehr als einen Monat nach der Einnahme noch gelebt hat.«

»Das verstehe ich nicht ganz.«

Dr. Hummel, der das Engagement der jungen Kollegin zu schätzen weiß, ignoriert die Ungeduld der anderen. »Kopfhaare wachsen im Monat durchschnittlich einen Zentimeter. Wenn der Tod nur wenige Tage nach der Einnahme eingetreten ist, sind die Haare nicht messbar gewachsen und die Haaranalyse bringt nichts. Wir brauchen mindestens einen Zentimeter.«

»Und was ist mit der Körperbehaarung?« Sonja lässt nicht locker.

»Die wächst noch langsamer.«

Clemens von Bühlow unterbricht die kleine rechtsmedizinische Nachhilfestunde.

»Der Hinweis, dass hier möglicherweise K.O.-Tropfen im Spiel sein könnten, ist interessant. Das kann uns vielleicht weiterhelfen. Doch zunächst müssen wir die Identität der Toten herausfinden, dann kommen wir auch den Umständen ihres Verschwindens näher.« Er schaut auf seine Armbanduhr. »Ich glaube, wir sind zumindest in der großen Runde durch und können unsere Kollegin von der Staatsanwaltschaft und unsere Kollegen von der Rechtsmedizin und Kriminaltechnik wieder entlassen. Erst einmal vielen Dank.«

Aber er hat nicht mit Jochen Mönnekes gerechnet, dem smarten Pressesprecher mit dem schwarzen Brillengestell und den gegelten Haaren, der sich bisher zurückgehalten hat, was man bei ihm eigentlich nicht kennt. »Wir müssen die Öffentlichkeit informieren. Vielleicht erfahren wir so am schnellsten, wer die Tote ist.«

Clemens kann es nicht fassen. ›Wie lange ist der jetzt schon bei uns und hat es immer noch nicht kapiert.‹ Auch Pia Cremer sieht den Polizeisprecher verwundert an.

»Das besprechen wir gleich in Ruhe. Erst müssen wir die Identität der Toten herausfinden. Sollte uns das nicht gelingen, können wir immer noch an die Öffentlichkeit gehen. Seien Sie froh, dass diesmal die Presse nicht zeitgleich mit uns am Fundort eingetroffen ist. Das war bei unserem letzten spektakulären Fall im Grafenberger Wald und in der Kaiserpfalz ganz anders«, erwidert Clemens leicht ungehalten. Bevor Jochen Mönnekes antworten kann, beendet der Hauptkommissar die Besprechung. »Ich schlage vor, wir machen nach einer kurzen Pause weiter.«

»Ich lasse uns einige belegte Brötchen aus der Kantine hochbringen und dazu Kaffee«, schlägt Maria vor. Die Idee stößt auf große Zustimmung, denn mittlerweile hat jeder Hunger. Und in die Kantine zu gehen würde zuviel Zeit in Anspruch nehmen.

Florian Schmidt sitzt müde auf seinem Stuhl, vor ihm liegt ein großer Stapel bunter Karteikarten. Diesmal ist er dafür zuständig, die einzelnen Erkenntnisse zu notieren, doch die kamen so Schlag auf Schlag, dass er keine Zeit hatte, sie an der großen Präsentationswand anzuheften. Sonja bietet ihm ihre Hilfe an, die er dankend annimmt. Die beiden sortieren die Fakten nach zeitlicher Einordnung, kriminalistischen oder rechtsmedizinischen Befunden und befestigen sie neben den Tatortfotos an der Pinnwand.

Clemens fingert ein Zigarettenpäckchen aus der Brusttasche seines Hemdes und geht auf den Balkon. Genüsslich zieht er an seiner Zigarette, als Hendrik Flemming sich zu ihm gesellt.

»Du hast mit dem Rauchen angefangen?«

»Ja.«

»Warum denn das? Du bist doch sonst so vernünftig, ernährst dich gesund, isst kein Fleisch, trinkst noch nicht einmal Kaffee.«

Hendrik zuckt nur mit den Schultern und Clemens begreift, dass weiteres Nachfragen im Augenblick keinen Sinn macht.

Nach zwanzig Minuten findet sich auf den zwei Tabletts nicht einmal mehr ein Salatblatt. Gestärkt geht Clemens von Bühlow an die Pinnwand und schaut sich die bisherigen Ergebnisse an.

»So. Als Erstes müssen wir die Identität der Toten feststellen. Hendrik, bitte durchforste mal das INPOL, welche Vermisstenanzeigen in den letzten zwei Wochen eingegangen sind und ob es da Übereinstimmungen gibt. Dann kannst du die Fingerabdrücke sowohl der Toten als auch ihres mutmaßlichen Mörders durch das System jagen. Christian, du nimmst Kontakt auf zu den in Düsseldorf und Umgebung ansässigen Zahnärzten. Die sollen den Zahnstatus der Toten mit ihren Unterlagen vergleichen. Wer weiß, vielleicht haben wir Glück und einer der Ärzte kann mit den Besonderheiten der Zahnstellung unseres Täters etwas anfangen. Und frag mal nachher bei Schoeller nach, ob der DNA-Abgleich schon etwas gebracht hat. Florian, du hörst dich in einschlägigen Studios um, ob die Tätowierung eine bestimmte Handschrift aufweist. Erkundige dich, ob man dafür eine spezielle Ausbildung braucht und wer in Düsseldorf auf so hohem Niveau arbeitet.«

Clemens fährt sich mit der Hand durch seine dunklen Locken und schaut fragend zu Maria hinüber.

»Sonja könnte sich mal schlau machen, wo man Tellertutus bekommt und diese«, Maria schaut in ihre Notizen, »Holt-Boots. Wenn wir den Hersteller herausbekommen, könnte uns das vielleicht weiterhelfen.« Sie überlegt kurz. »Wir können die Kollegen vom Drogendezernat fragen, wie die Adressen in Düsseldorf lauten, um an K.O.-Tropfen heranzukommen. Hendrik, widmest du dich diesem Thema?«

»Das kann ich dir auch so sagen«, erwidert Flemming.

Erstaunt schaut Maria ihn an.

»In der Altstadt bekommst du die an jeder Ecke, ebenso im Internet.«

»Das ist nicht dein Ernst?«

»Doch. Gib mal K.O.-Tropfen in eine Suchmaschine ein, dann hast du auf einen Schlag diverse Anbieter.«

»Das darf doch nicht wahr sein.« Maria ist entrüstet.

»Man muss sich zwar registrieren lassen, wenn man die bestellen will, aber ich kann es dir gleich sagen: Das bringt nichts. K.O.-Tropfen werden nicht nur zu kriminellen Zwecken bestellt, sie können in sehr geringer Dosis auch gegen Schlafstörungen und Unruhezustände wirken. Und noch was: Wer sich nur ein bisschen auskennt, kann die auch ganz einfach selber herstellen. Die Chemikalien sind teilweise frei erhältlich.«

»Den Rechercheaufwand können wir uns also sparen.«

Hendrik nickt und Clemens ergreift das Wort. »Unabhängig davon, was der Tag heute noch bringt, sollte auf jeden Fall jemand von uns heute Abend zwischen neun und halb zehn am Benrather Schloßufer nach Spaziergängern Ausschau halten und diese dann befragen. Die Menschen haben ihre Gewohnheiten. Wer heute um diese Uhrzeit draußen spazieren geht, kann es auch am Montag getan haben.« Er schaut in die Runde, doch die Begeisterung seines Teams, bei der Kälte im Dunkeln am Rheinufer unterwegs zu sein, hält sich in Grenzen. »Ein bisschen frische Nachtluft würde euch nicht schaden.« Die Bemerkung kann er sich nicht verkneifen, doch damit ist das Thema vom Tisch. »Okay, das war es fürs Erste. Wir treffen uns nachher um siebzehn Uhr zur weiteren Besprechung.«

Clemens geht auf Jochen Mönnekes zu. »Was machen wir mit der Presse?«

»So schnell wie möglich eine Pressekonferenz einberufen«, äußert Mönnekes aufgebracht, denn er fühlt sich zu Recht nicht genügend beachtet.

»Wir haben Glück, dass dieses Verbrechen bisher noch nicht Stadtgespräch ist«, erwidert Maria.

»Kann es aber ganz schnell werden.« Der aalglatte Mittdreißiger blickt den Hauptkommissar herausfordernd an.

»Erst einmal brauchen wir die Identität der Toten, dann können wir sofort an die Öffentlichkeit gehen«, will Clemens den Polizeisprecher besänftigen.

»Und wenn das schwieriger ist als Sie glauben?«

»Dann können wir immer noch die Öffentlichkeit um Mithilfe bitten, auf einen Tag kommt es doch wohl nicht an.«

»Es geht ja nicht nur um die Unterstützung durch die Bevölkerung, sondern in erster Linie darum, diese zu informieren«, kontert Jochen Mönnekes.

Clemens reagiert verärgert. »Sollen die Angehörigen und Freunde die Nachricht über den Tod des Opfers durch die Medien erfahren? Womöglich gibt es mehrere junge Frauen, die als vermisst gemeldet sind.« Er schüttelt unwillig den Kopf. »Manchmal schadet es nicht, etwas Geduld zu haben. Wir wissen doch gar nicht, was wir da lostreten. Falls sich die Medien bei Ihnen melden, sagen Sie mir Bescheid. Wir legen den Termin für die Pressekonferenz bei der Nachmittagsbesprechung zusammen mit der Staatsanwaltschaft fest.«

»Dann bereite ich schon einmal eine Presseerklärung vor«, lenkt Mönnekes ein.

»Ja. Das kann nicht schaden«, antwortet der Hauptkommissar spitz. Bei Vernehmungen merkt man Clemens selten Regungen an. Doch im kollegialen Umfeld, zumal wenn man ihn gut kennt, lässt sich seine Stimmung am Gesicht ablesen. Ist er wütend, werden seine dunkelbraunen Augen fast schwarz, und geht ihm etwas vollkommen gegen den Strich, bildet sich eine kleine Falte über der rechten Augenbraue.

Kriminalrat Otto Kreutz hat das Wortgefecht zwischen Mönnekes und von Bühlow mitbekommen. Nachdem der Polizeisprecher gegangen ist, wendet er sich an den Hauptkommissar.

»Lass den nicht immer so auflaufen.«

»Der hat doch von Tuten und Blasen keine Ahnung und wäre besser in der freien Wirtschaft aufgehoben, wo es um Zahlen und Statistiken geht und nicht um Menschenleben.«

»Das stimmt nun auch wieder nicht. Während der zwei Jahre, die er bei uns ist, hat sich das Verhältnis zwischen Polizei, Öffentlichkeit und den Medien sehr positiv entwickelt.«

»Mag sein. Aber sobald es nicht um die Pflege der Medien und der Öffentlichkeit geht, sondern um Mord, vergisst er alle Grundregeln der Polizeiarbeit.«

»Nun reg dich nicht auf. Mönnekes ist nicht so naiv, wie es den Anschein hat. Der merkt genau, dass die Kollegen ihm gegenüber skeptisch eingestellt sind. Wenn er das Gefühl hat, keinen Fuß mehr auf den Boden zu bekommen, schlägt der um sich. Und dann traue ich ihm zu, die Kollegen gegeneinander auszuspielen. Und das ist das Letzte, was wir brauchen.«

Knapp zwei Stunden nach der Besprechung kommt Hendrik Flemming zu Clemens ins Büro. Er wedelt lässig mit einigen Ausdrucken in der Luft herum. Ein sicheres Zeichen, dass er mit neuen Ergebnissen aufwarten kann.

»Soll ich Maria rufen?«, fragt Clemens. Ohne eine Antwort abzuwarten, greift er zum Telefonhörer.

»Was gibt es Neues?«, fragt Maria, setzt sich schwungvoll auf Clemens' Schreibtisch, lässt die Beine baumeln und schaut Hendrik erwartungsvoll an. Der lässt sich nicht lange bitten. »Bei den Kollegen gibt es zwei Vermisstenanzeigen, die der Beschreibung unserer Toten sehr nahe kommen.«

Hendrik blickt kurz in die Papiere. »Am Samstagabend wurde Marie-Christin Berg von ihren Eltern als vermisst gemeldet. Sie ist zwanzig Jahre alt, blond, mittellanges Haar, zierlich, 170 Zentimeter groß. Sie wohnt noch im elterlichen Haus und war bei ihrer Großmutter in Bonn zu Besuch. Sie sollte am Freitag zurückkommen. Die Großmutter hat sie um achtzehn Uhr zum Zug nach Düsseldorf gebracht, aber zu Hause ist sie bisher nicht angekommen. Die andere Vermisste heißt Natalie Zimmermann, ist 22 Jahre, ebenfalls blond, mittellange Haare, noch zierlicher als Marie-Christin Berg und 168 Zentimeter groß. Sie wurde von einer Freundin am Sonntagvormittag, also vorgestern, als vermisst gemeldet. Die beiden waren am Freitag im EnVogue am Güterbahnhof tanzen, doch Natalie Zimmermann hatte Kopfschmerzen bekommen und ist früher gegangen. Die jungen Frauen wohnen in einer WG. Der Freundin, sie heißt übrigens Lara Lüttge, ist das Fehlen von Natalie erst am Samstagmittag aufgefallen. Doch zu dem Zeitpunkt hat sie sich noch nichts dabei gedacht. Erst als die Freundin am Samstagabend immer noch nicht aufgetaucht war, wurde sie unruhig und rief bei der Polizeiwache in Bilk an. Die Kollegen meinten, sie solle noch bis Sonntag warten und dann eine Vermisstenanzeige aufgeben.«

»Hast du Fotos?«, fragt Maria.

»Ja, hier.« Hendrik legt zwei Ausdrucke auf den Schreibtisch.

»Die sind sich verblüffend ähnlich, der gleiche Typ Frau«, bemerkt Maria.

»Marie-Christin Berg hat ein runderes Gesicht als unsere Tote, auch die Augen stehen weiter auseinander und im Obduktionsbericht ist die Größe der Toten mit 168 Zentimeter angegeben. Das würde bedeuten, Frau Berg ist es nicht. Natalie Zimmermann, also die zweite Vermisste, könnte es hingegen sein«, gibt Hendrik zu bedenken.

»Wir fahren mal zu der Freundin von Frau Zimmermann. Kannst du rauskriegen, ob sie zu Hause ist?«, bittet Clemens.

7.

Dienstag früher Nachmittag Wersten. Die Kölner Straße zieht sich wie Kaugummi vom Wehrhahn vorbei am Düsseldorfer Hauptbahnhof über den Oberbilker Markt bis auf die Höhe des Betriebshofes der Rheinbahn. Hier in ›Klein-Anatolien‹, wie der südliche Teil von Wersten auch genannt wird, wurde die Kölner Straße vor Jahren aufwendig saniert, ein echter Gewinn für das Viertel. Ein Geschäft reiht sich an das nächste, meist Einzelhändler wie türkische Supermärkte, Metzger oder Friseure, die der Straße ein fast orientalisches Flair geben. Auch die meisten Wohnhäuser sind in den letzten Jahren saniert worden oder haben zumindest einen neuen Anstrich bekommen. Nur das Haus, in dem Lara Lüttge und Natalie Zimmermann wohnen, wirkt etwas heruntergekommen. Ein schöner Altbau, der über zwei Stockwerke verfügt, die vier Wohnungen beherbergen.

Lara Lüttge scheint auf die Hauptkommissare gewartet zu haben, denn kaum hat Clemens geklingelt, wird die Tür geöffnet. Vor ihnen steht eine große, dunkelhaarige, gut aussehende Frau, der man die Sorge um ihre Freundin ansieht. Die dunklen Ringe unter den Augen zeugen von wenig Schlaf, und auch wenn sie sich bemüht, ruhig zu erscheinen, macht sie einen fahrigen und nervösen Eindruck.

»Danke, dass Sie so schnell kommen konnten. Ich weiß mir nicht mehr zu helfen. Alle Freunde von Natalie habe ich angerufen, und auch bei den Eltern ist sie nicht.«

»Wo wohnen die Eltern?«, fragt Maria Esser.

»Auf der anderen Rheinseite in Lörick. Die sind natürlich ebenfalls in heller Aufregung.«

»Können wir uns irgendwo setzen, um ungestört zu reden?«

Lara Lüttge führt die Hauptkommissare in eine geräumige Küche mit einem großen runden Esstisch. Clemens blickt sich kurz um. Selten hat er einen Raum gesehen, der dem Begriff Wohnküche so gerecht wird. Die beiden haben mit viel Geschmack alte Möbel und Neues phantasievoll kombiniert. Dass sie gerne kochen, erkennt er an einer Vielzahl von Kräutern in Keramiktöpfen auf der Fensterbank und einer erstaunlichen Auswahl an Flaschen mit Ölen und Essigen.

»Wann haben Sie Natalie zuletzt gesehen?«, will er wissen, nachdem er sich auf einen der Stühle gesetzt hat, die um den Esstisch stehen.

Aus Lara sprudelt es nur so heraus. Sie seien Freundinnen, würden dasselbe studieren und vieles zusammen unternehmen. Die Disco für Studenten im EnVogue sei immer mittwochs, aber sie gingen auch schon mal freitags dorthin, so wie letzte Woche. Normalerweise gemeinsam auch wieder nach Hause, aber am Freitag fühlte sich Natalie nicht gut und ging früher.

»Wann war das?«, unterbricht Maria die junge Frau.

»So gegen halb zwölf.«

»Wie wollte sie nach Hause kommen?«

»Mit der S-Bahn vom Wehrhahn aus.«

»Nicht mit dem Taxi?«

»Das glaube ich nicht. Das ist für eine Person zu teuer bis zu uns.«

»Hat Natalie ein Handy?«

»Ja. Das hat sie auch immer dabei. Da springt aber nur die Mailbox an. Ich habe es unzählige Male versucht.«

»Wann haben Sie es das letzte Mal probiert?«

»Vor knapp einer Stunde.«

Clemens notiert sich die Handy-Nummer, verlässt die Küche und ruft Flemming an. »Hendrik, bitte beantrage sofort eine Handy-Ortung bei Pia Cremer. Vor einer Stunde war das Handy von Natalie Zimmermann noch eingeschaltet.«

Zurück in der Küche konzentriert er sich wieder auf die Erzählung von Lara Lüttge.

Sie wisse nicht, ob Natalie die Nacht von Freitag auf Samstag in der Wohnung verbracht habe. Auf jeden Fall war sie, nachdem Lara mittags aufgestanden war, nicht da und ist seitdem nicht mehr aufgetaucht. Natalie würde ihr zwar nicht immer sagen, wohin sie gehe, aber sie bliebe nie über Nacht weg.

»Hat sie einen Freund?«, fragt Clemens.

»Gute Freunde ja, aber keinen festen Freund.«

Lara berichtet weiter, dass Natalie sehr zuverlässig sei, immer pünktlich und dass ein Verschwinden über längere Zeit, ohne eine Nachricht zu hinterlassen, noch nie vorgekommen wäre.

»Es tut uns sehr leid, aber wir müssen Ihnen ein Foto zeigen von einer jungen Frau, die gestern zu Tode gekommen ist. Es muss nicht Ihre Freundin sein, sondern eine andere Person«, versucht Maria, Lara Lüttge auf die Situation vorzubereiten. Entsetzt schaut diese die Hauptkommissare an, atmet einmal tief durch und betrachtet dann das Foto.

»Oh, mein Gott.« Lara starrt das Foto an.

»Ist das Ihre Freundin?«

Lara wird kreidebleich. »Ja, das ist sie.«

Mit zittriger Hand streicht sie sich eine Haarsträhne aus dem Gesicht. »Sie sieht so fremd aus.«

Sie betrachtet immer wieder ungläubig das Foto. Dann gibt sie es Maria zurück: »Das kann doch nicht sein.«

»Wir hatten gehofft, Ihnen den Anblick der Toten in der Rechtsmedizin ersparen zu können, aber es führt wohl kein Weg daran vorbei.«

»Nein! Nein, ich kann das nicht!«, ruft Lara verzweifelt, dann bricht sie in Tränen aus.

Clemens steht auf, geht wieder in den Flur der kleinen Wohnung und ruft Hendrik Flemming erneut an. Er soll die Eltern von Natalie Zimmermann anrufen und eine Streife bei ihnen vorbeischicken, um sie zur Rechtsmedizin zu bringen. Und er soll im Institut Bescheid sagen, dass die junge Frau in der Leichenhalle aufgebahrt wird.

Kaum hat er wieder Platz genommen, versucht Maria, mit der Befragung fortzufahren. Doch Lara Lüttge braucht Zeit, um sich zu fassen. Immer wieder kommen ihr die Tränen und ihre Stimme versagt. Clemens schaut sich suchend um, dann nimmt er ein Glas von der Spüle, wäscht es kurz aus und füllt es mit Leitungswasser. Wie in Trance trinkt Lara das Wasser in kleinen Schlucken, dann blickt sie die Hauptkommissarin an.

»Ist Ihnen letzten Freitag in der Disco etwas aufgefallen?«

»Es war wie immer.« Erneut kommen ihr die Tränen. »Erst haben wir in der Lounge eine Kleinigkeit gegessen, dann sind wir zum Tanzen in die Halle gegangen.« Clemens reicht ihr ein Taschentuch.

»Sind Sie von jemandem angesprochen worden?«

»Mittlerweile kennen wir einige Leute. Man begrüßt sich, tauscht sich kurz aus und tanzt dann.«

»Sind das Freunde, Kommilitonen?«

»Nein, wir haben uns alle beim Tanzen im EnVogue kennengelernt und treffen uns dort auch immer wieder. Freunde von uns gehen selten mit.«

»Sehen Sie die Bekannten auch außerhalb der Disco?«

»Nein, nur zum Tanzen und auch eher zufällig. Wer da ist, ist da.«

»Können Sie uns die Namen nennen?«

»Nur die Vornamen, das dürfte Ihnen wenig helfen.«

»Was hat Natalie am Freitag getragen und was hat sie bei sich gehabt?«

»Eine Jeans, eine Bluse und eine wattierte Jacke, keine Handtasche und keinen Rucksack.«

Clemens greift in die Befragung ein und bittet Lara, sich zu erinnern, ob ihr nicht doch etwas aufgefallen sei, ob Natalie von einem Fremden angesprochen wurde oder ob sie jemand beobachtet habe.

Die junge Frau schüttelt den Kopf. »Mir ist nichts aufgefallen.«

»Was haben Sie an diesem Abend getrunken?«, fragt Maria Esser unvermittelt.

»Zum Essen wie immer einen Fruchtcocktail ohne Alkohol«, antwortet Natalie irritiert.

»Und was haben Sie gegessen?«, hakt Clemens nach.

»Eine Kleinigkeit, Tomaten mit Mozzarella.«

»Aber bei dem Drink ist es nicht geblieben?«

»Nein, wir trinken meist noch einen, dann aber mit Alkohol und danach immer nur Wasser.«

»Sie sagten, Natalie ging es nicht gut. Wie hat sich das geäußert?«

»Sie sagte, ihr sei etwas übel und ihre Migräne sei wohl im Anmarsch.«

»Einen alkoholisierten Eindruck machte sie nicht?«

»Nein, wovon auch. Sie hatte doch nur den einen Drink.«

»Hatte Natalie öfter Migräne?«

»Nein, vielleicht dreimal im Jahr, aber dann war es heftig.«

»Lassen Sie Ihre Getränke unbeaufsichtigt?«, will Maria wissen.

»Nein. Wir passen immer gegenseitig auf, wenn die andere tanzen geht, oder bitten jemanden aus der Clique.«

»So auch an diesem Abend?«

»Ja, aber wir waren nur ganz kurz auf der Tanzfläche, weil Natalie sich plötzlich nicht wohlfühlte.«

»Was für einen alkoholischen Drink hat sich Natalie bestellt?«, fragt nun Clemens.

»Einen ›Brasil Tropical‹, den mochte sie sehr.« Lara steigen wieder Tränen in die Augen. »Wäre ich doch bloß mit ihr nach Hause gefahren.« Sie schüttelt den Kopf.

»Was ist in dem Drink drin?«, will Maria wissen.

»Batida de Coco, Grapefruitsaft und Erdbeersirup. Aber warum wollen Sie das alles wissen?«

Clemens räuspert sich. »Könnte es sein, dass jemand Natalie etwas in ihr Getränk getan hat?«

Lara starrt ihn erschrocken an. Dann überlegt sie kurz. »Nein, das kann nicht sein. Wir standen ganz eng beisammen und kein Fremder war in der Nähe.«

Clemens und Maria schauen sich an und erheben sich gleichzeitig.

»Wir müssen uns nochmal intensiver unterhalten. Und ich möchte Sie bitten, zusammen mit uns ins EnVogue zu gehen, damit wir Ihre Bekannten kennenlernen können«, informiert Clemens Lara Lüttge.

»Was soll ich jetzt bloß machen?«

Völlig aufgelöst steht die junge Frau den Hauptkommissaren gegenüber.

»Vielleicht können Sie für heute Nacht bei einer Freundin

unterkommen. In so einer Situation sollten Sie nicht alleine sein«, erwidert Maria. »Und mit jemandem zu reden, der Natalie gekannt hat, hilft meist gegen den ersten Schmerz.«

Auf dem Weg nach draußen gibt Clemens' Handy Laut. Maria verzieht das Gesicht, da er das startende Flugzeug noch nicht durch einen anderen Klingelton ersetzt hat. Ihr geht der Krach auf die Nerven. Clemens zuckt entschuldigend mit den Schultern und nimmt das Gespräch an. Hendrik informiert ihn, dass die Eltern von Natalie Zimmermann auf dem Weg zum Rechtsmedizinischen Institut sind.

»Wie ich das hasse. Das Überbringen einer Todesnachricht ist schon schlimm genug, aber mit ansehen zu müssen, wie Eltern ihr totes Kind identifizieren, geht mir immer noch sehr nahe.«

Maria berührt Clemens sachte an der Schulter. »Das wird sich auch nicht ändern.«

»Und wenn, dann sind wir so abgestumpft, dass wir unseren Job nicht mehr ordentlich machen können«, seufzt er.

»Hast du dich mal wegen einer Supervision erkundigt?«

»Alexander macht das. Aber ich kann ja schlecht zu meinem besten Freund gehen.«

»Es ist eine Schande, dass so etwas nicht automatisch angeboten wird. Nur die Kollegen, die bei größeren Katastrophen vor Ort sind, werden betreut. Und natürlich die Kollegen vom SEK. Die haben eine exzellente psychologische Betreuung. Aber gerade bei uns und vor allem bei den Kollegen auf Streife, die täglich Schlimmes zu sehen bekommen, wäre es doch auch angebracht.«

»Was erwartest du. Selbst die Soldaten, die in Afghanistan oder im Irak waren, bekommen kaum psychologische Betreuung, da kann man sich das bei uns erst recht sparen.«

»Immerhin können wir nach Extremsituationen den Psychologischen Dienst aufsuchen, nur eine kontinuierliche Betreuung fehlt halt.«

»Aber gerade das wäre vernünftig, wenn du bedenkst, wie

viele von uns in den Frühruhestand gehen, weil sie einfach nicht mehr können.«

»Und wenn wir dann den Psychologischen Dienst aufsuchen, müssen wir uns womöglich auch noch rechtfertigen.«

»Mir brauchst du das nicht zu sagen. Aber auf eigene Kosten kann ich eine Supervision nicht stemmen. Also entweder wir stumpfen ab oder wir können nicht mehr. Aber ich gebe die Hoffnung nicht auf, dass die Politik es irgendwann kapiert.«

»Die Hoffnung habe ich längst aufgegeben«, kommt es leise von Maria.

Auf dem Parkplatz des Rechtsmedizinischen Instituts treffen die Hauptkommissare das Ehepaar Zimmermann, das gerade aus einem Streifenwagen steigt. ›Sie müssen Natalie recht spät bekommen haben‹, überlegt Clemens. Er schätzt den Vater auf etwa siebzig und die Mutter gut zehn Jahre jünger. Sie begrüßen einander und Maria bereitet die beiden vor. Ein aussichtsloses Unterfangen.

»Es tut uns leid, dass wir Ihnen das zumuten müssen, aber wir brauchen Gewissheit. Aller Wahrscheinlichkeit nach handelt es sich bei der Toten um Ihre Tochter.«

Erich Zimmermann, ein großer, breitschultriger Mann mit schlohweißem Haar, stützt seine zierliche Frau, die unter der Last zusammenzubrechen droht.

»Lassen Sie es uns schnell hinter uns bringen«, kommt es von ihm mit belegter Stimme.

Die Leichenhalle ist ein Nebengebäude des Institutes, ebenfalls ein altes Backsteingebäude, das während der Gründung der ›Düsseldorfer Akademie für praktische Medizin‹ erbaut wurde. Gerade erst saniert, macht das Innere der Halle einen gepflegten Eindruck. Trotz der kargen Ausstattung ist es ein Ort der Andacht und Besinnung. Umrahmt von zwei großen weißen Kerzen steht ein schlichter Transportsarg aus hellem Holz in einer Nische. Nur der Mitarbeiter des Institutes in seinem weißen Kittel, der die Gruppe in die Leichenhalle führt, wirkt wie ein Fremdkörper.

Die Eltern halten sich an den Händen und treten mit unsicheren Schritten an den Sarg. Die Angst, dass es ihre Tochter sein könnte, ist für Clemens und Maria fast körperlich spürbar. Nach einem kurzen Blick nimmt Erich Zimmermann seine Frau in den Arm und hält sie so fest, als ob er sie nie mehr loslassen wolle. Schließlich setzen sie sich auf die neben dem Sarg stehenden Stühle. Ruth Zimmermann schluchzt auf. Ihr Mann gibt Clemens durch ein kurzes Nicken die letzte Gewissheit, dass es sich bei der Toten um Natalie handelt. Die Hauptkommissare geben dem Mitarbeiter der Rechtsmedizin ein Zeichen und verlassen mit ihm die Leichenhalle, damit die Eltern ungestört von ihrer Tochter Abschied nehmen können.

Vor der Tür steckt sich Clemens von Bühlow eine Zigarette an. Trotz der kühlen Temperaturen ist der Himmel wolkenlos.

»Nun wissen wir wenigstens, wer die Tote ist«, seufzt Maria.

Clemens bleibt stumm.

Kaum hat er sich eine zweite Zigarette angesteckt, fragt Maria: »Glaubst du, sie ist mit K.O.-Tropfen außer Gefecht gesetzt worden?«

»Kann sein, kann aber auch nicht sein. Zumindest ist es möglich. Da der Drink von Natalie Grapefruitsaft beinhaltete, ist es naheliegend, dass sie nichts bemerkt hat.«

»Sie könnte aber auch freiwillig mit jemandem mitgegangen sein.«

»Das glaube ich nicht. So wie Lara Lüttge sie geschildert hat, würde Natalie das nicht machen.«

»Und wenn sich ihr Zustand verschlechtert hat und ihr Hilfe angeboten worden ist?«

»Das wäre schon ein sehr perfider Zufall.« Clemens zieht an der Zigarette und schaut konzentriert dem Rauch hinterher. »Oder es war akribisch geplant.«

Es dauert über eine Stunde, bevor sich die Tür der Leichenhalle öffnet und das Ehepaar Zimmermann heraustritt.

Clemens geht auf sie zu. »Mein aufrichtiges Beileid.«

Erich Zimmermann wischt sich die Tränen aus den Augen, seine Frau lässt ihren Tränen freien Lauf.

»Sollen wir Ihnen einen Streifenwagen kommen lassen, der Sie nach Hause bringt?«, fragt Maria, die hinzugekommen ist.

»Wir bestellen uns nachher ein Taxi, aber wir brauchen noch etwas Zeit. Vielleicht setzen wir uns hier erst einmal auf die Bank«, erwidert der Vater von Natalie.

»Haben Sie ein Handy dabei?«

Der ältere Mann nickt und führt seine Frau zu einer Bank, die gleich gegenüber vom Institut steht.

Kaum haben sie sich gesetzt, spricht Clemens sie erneut an. »Es tut mir leid, aber wir müssen Ihnen leider noch einige Fragen stellen. Wenn das jetzt für Sie zu früh ist, könnten wir heute Abend zu Ihnen nach Hause kommen.«

»Ja. Das wäre besser.«

»Können wir sonst noch etwas für Sie tun?«, fragt Maria.

Erich Zimmermann schüttelt verneinend den Kopf.

8.

Dienstag später Nachmittag Polizeipräsidium. Kurz vor siebzehn Uhr versammelt sich das Team im Büro von Hendrik Flemming. Hier ist es zwar eng und nur Kreutz und Pia Cremer haben einen der Besucherstühle ergattern können, aber die Atmosphäre in der ›Kommunikationszentrale‹ ist persönlicher als in dem großen, kargen Besprechungsraum. Und so treffen sich die Ermittler immer öfter hier, nicht nur zur obligatorischen Morgenbesprechung.

Die Oberstaatsanwältin macht einen gestressten Eindruck, selbst ihr ansonsten perfekter Bubikopf ist in Unordnung geraten. Auch der Polizeisprecher Jochen Mönnekes wirkt unruhig, nur Kriminalrat Otto Kreutz strahlt Ruhe und Gelassenheit aus. Zuvor hat Hendrik Clemens informiert, dass die Ortung nichts gebracht habe, das Handy sei mittlerweile ausgeschaltet und die beantragte Funkzellenauswertung benötige noch Zeit.

»Wir wissen jetzt, wer die Tote ist.« Mit dieser Neuigkeit beginnt Clemens von Bühlow. Er berichtet über die Ergebnisse der Befragung von Natalie Zimmermanns Freundin und der ersten Begegnung mit den Eltern der Toten. Damit sich alle einen Eindruck von der Persönlichkeit der Toten machen können, beschreibt er die junge Frau etwas näher.

»Natalie Zimmermann war eine zielstrebige junge Frau, die zusammen mit ihrer Freundin in einer Wohngemeinschaft in Wersten lebte. Beide studieren im zweiten Semester ›Modernes Japan‹, ein noch relativ junger Studiengang, der nur an wenigen Universitäten in Deutschland angeboten wird. Sie hat sich ganz auf ihr Studium konzentriert. Fast alle ihre Freunde sind entweder Kommilitonen oder ehemalige Schulfreunde. Neben dem Studium hatte sie nur eine Leidenschaft: Tanzen. Mittwochs und freitags ging sie meistens mit ihrer Freundin ins EnVogue am Güterbahnhof in Pempelfort, so auch letzten Freitag. Da sie sich aber nicht gut fühlte, verließ sie um halb zwölf die Disco, um nach Hause zu fahren. Aller Wahrscheinlichkeit nach wollte sie mit Bus und Bahn fahren.«

Clemens hält kurz inne, dann wendet er sich an Florian. »Finde bitte heraus, welche Verbindungen nach Wersten führen. Vielleicht können wir mit einem Aufruf an die Bevölkerung etwas erreichen.« Dann erzählt er weiter. »Ob sie dort überhaupt angekommen ist, ist fraglich. Das Fehlen ihrer Freundin entdeckte Lara Lüttge erst am nächsten Mittag. Maria und ich werden die Eltern heute Abend aufsuchen und hoffentlich mehr über die Tochter erfahren.« Clemens nimmt eine große Flasche Wasser von Hendriks Schreibtisch, öffnet sie und gießt sich ein Glas ein. Er blickt die Kollegen an, aber niemand möchte etwas. Er nimmt einen Schluck, dann fährt er fort: »Für uns bedeutet das: Wir befragen die Freunde und Kommilitonen genauer und suchen zusammen mit Lara Lüttge das EnVogue auf, da sich dort eine Clique gebildet hat, die immer zusammen tanzt, sich aber außerhalb der Disco nicht trifft.«

Er schaut zu Maria hinüber, die seinen Blick richtig deutet und die weitere Besprechung übernimmt.

»Hendrik, was hast du an neuen Erkenntnissen?«

Der Angesprochene schüttelt resigniert den Kopf. »Eigentlich noch gar nichts. Die Handy-Ortung ist fehlgeschlagen und bei dem DNA-Abgleich hat sich nichts ergeben, weder eine Übereinstimmung noch ein verwandtes Genmuster im System. Christian hat sämtliche Zahnärzte in Düsseldorf und Umgebung informiert. Bisher gab es noch keine Rückmeldungen.«

»Und wie sieht es bei dir aus?«, fragt Maria Florian Schmidt.

Der junge Kommissaranwärter mit den dunkelgrünen Augen und einem im Fitnessstudio gut durchtrainierten Körper antwortet, dass er drei der größten Tattoo-Studios in Düsseldorf aufgesucht habe. Alle Befragten seien zu dem gleichen Ergebnis gekommen: Das Tattoo ist nicht nur handwerklich eine Meisterleistung, sondern eine eigene Kreation. Bei den massenhaften Tattoo-Vorlagen, die es mittlerweile gäbe, ob in den Präsentationsmappen der Studios, in speziellen Publikationen oder im Internet, fände sich nichts Vergleichbares. Eisblumen seien selten und dann zumeist sehr vereinfacht dargestellt.

»Wie lange dauert so eine Ausbildung?«, will die Hauptkommissarin wissen.

»Nicht so lange. Grundkurse werden von diversen Tattoo-Studios angeboten und dauern im Durchschnitt fünf Tage. Aber es gibt auch Aufbauseminare, die haben eine ähnliche Laufzeit. Die besten Ausbilder soll es in England geben.«

»Welche Voraussetzungen braucht man?«, fragt Clemens.

»Eigentlich keine. Von Vorteil wäre eine Kosmetik-Ausbildung, weil man dann Erfahrung mit Hygiene-Vorschriften aufweisen kann. Ansonsten eine ruhige Hand, ein gutes Auge und möglichst viel Kreativität.«

»Bleib auf jeden Fall dran, vielleicht ergibt sich noch ein Hinweis«, fordert er den jungen Kollegen auf.

»Wie sieht es mit dem Tellertutu, den Ballettschuhen und den Holt-Boots aus?« Maria wendet sich an Sonja Melchior.

Diese macht ebenfalls einen unzufriedenen Eindruck. »Ich war in den beiden Spezialgeschäften für Ballettbekleidung hier in der Stadt. Beide Geschäfte führen dieses spezielle Tellertutu nicht. Eine Fachverkäuferin konnte mir aber den Hersteller nennen. Der sitzt in der Nähe von Paris und vertreibt seine Kollektionen auch über das Internet. Dieses Tutu ist ausgesprochen hochwertig und muss ziemlich teuer gewesen sein. Die speziellen Ballettschuhe führen beide Geschäfte. Hierbei handelt es sich ebenfalls um hochwertige Ware, die auch über das Internet bestellt werden kann.«

Sonja Melchior schaut in ihre Unterlagen. »Bei den Holt-Boots sieht es ähnlich aus, obwohl die in mehreren Geschäften in Düsseldorf angeboten werden. Auch hier konnte man mir die Hersteller nennen. Die Schuhe sind ebenfalls über das Internet lieferbar.«

»Am besten fragst du bei Schoeller nach, ob er eine Chance sieht, zu weiteren Erkenntnissen zu kommen, wenn wir uns mit den Herstellern in Verbindung setzen«, überlegt Clemens.

Dann spricht er Jochen Mönnekes an, der nervös mit einem Kugelschreiber spielt.

»Wie verhält sich die Presse?«

»Es gab Anfragen, aber ich habe darum gebeten, uns noch etwas Zeit zu lassen.«

›Schau an, vielleicht habe ich ihn doch unterschätzt. Dass die Presse sich so vertrösten lässt, hätte ich nicht gedacht.‹ Den Gedanken behält Clemens aber für sich.

Der Pressesprecher wagt einen Vorstoß. »Frau Oberstaatsanwältin, jetzt, wo wir wissen, wer die Tote ist, könnten wir eine Pressekonferenz abhalten und um Hinweise aus der Bevölkerung bitten. Wie sehen Sie das?«

»Ja, dem stimme ich zu«, antwortet Pia Cremer knapp. Sie ist keine Freundin vieler Worte. So wie sie arbeitet, tritt sie auch auf: konzentriert, pragmatisch und präzise. Wenn sie eine andere Meinung vertritt, formuliert sie diese auf den Punkt genau, überzeugend und ohne unnötige Exkurse. Clemens schätzt das sehr an ihr. Dennoch fühlt er sich veranlasst, etwas ausführlicher zu werden, damit Mönnekes nicht über das Ziel hinausschießt.

»Wir sollten nichts von den Verletzungen sagen oder von der Art, wie die Leiche in Szene gesetzt wurde. Lediglich den Fundort benennen wir, und dass sie sehr wahrscheinlich nach dem Besuch im EnVogue verschwunden ist.« Er überlegt kurz. »Wenn wir wissen, welchen Weg sie nach Hause genommen haben könnte, sollten wir die Presse bitten nachzufragen, ob ein Fahrgast sie gesehen hat.«

»Das sehe ich genauso. Können Sie die Pressekonferenz für morgen Vormittag ansetzen?«, fragt Pia Cremer den Polizeisprecher.

»Ja. Kann ich mit Ihnen rechnen?«

Pia Cremer nickt, ebenso Clemens von Bühlow.

»Gut, das wäre es für heute. Maria und ich fahren zu den Eltern von Natalie Zimmermann und schauen uns anschließend am Benrather Schloßufer um. Hendrik, ruf doch bitte Lara Lüttge an. Sie soll sich morgen Abend nichts vornehmen. Wir werden sie nochmals befragen und dann gemeinsam die Disco aufsuchen.«

Clemens zögert einen Augenblick, dann wendet er sich an die Kommissaranwärter. »Es wäre von Vorteil, wenn ihr in dieser Disco als Pärchen auftretet. Schaut euch da mal ungezwungen um.« Clemens grinst über das ganze Gesicht und schiebt nach: »Wir kennen uns aber nicht.« Sonja und Florian halten sich kurz an den Händen, um ihre Bereitschaft zu signalisieren.

9.

Dienstag später Abend Benrather Schlossufer. Clemens von Bühlow parkt seinen alten Porsche auf dem Bürgersteig am Benrather Schloßufer. Maria und er bleiben noch eine Weile im Auto sitzen. Draußen ist es mittlerweile bitterkalt. Obwohl sich ihre Augen an die Dunkelheit gewöhnen, fällt es ihnen schwer, mehr als nur Schemen wahrzunehmen. Schließlich öffnet er die Autotür und steigt aus. Der kalte Wind bläst ihm ins Gesicht und er hat das Gefühl, dass kleine Nadelstiche in schnellem Rhythmus seine Wangen feuerrot werden lassen. Maria hat sich den Schal um Kopf und Gesicht gewickelt, aber auch das schafft nicht wirklich Abhilfe. Sie beschleunigen ihren Schritt und gelangen nach wenigen Minuten auf den Fußweg, der am Rheinufer entlangführt. Kein Mensch ist unterwegs. Maria schaut zu den hell erleuchteten Fenstern der Wohnanlage hoch, hinter denen sich eine wohlige Wärme erahnen lässt. Nach einer Viertelstunde haben sie das Restaurant *Pigage* erreicht. Doch die Hoffnung, sich hier etwas aufwärmen zu können, wird enttäuscht: Ruhetag. Auch auf dem Rückweg begegnet ihnen niemand. Langsam werden die beiden missmutig.

»War keine so gute Idee«, presst Clemens zwischen den Zähnen hervor.

»Nein, nicht wirklich. Aber wir sind gerade einmal eine halbe Stunde unterwegs. Wenn wir jetzt aufgeben, hätten wir es auch gleich sein lassen können«, erwidert Maria.

Und so gehen sie noch bis an das Ende des Benrather Schloßufers, wo die Straße in einem großen Bogen verläuft. Erneut kehren sie um und biegen dann in die Pigageallee ein. Hier ist die Beleuchtung noch reduzierter. Die großen Bäume an der Straße lassen die Villen zu beiden Seiten kleiner und düsterer erscheinen. Nur das eine oder andere helle Fenster verrät, dass hier Menschen leben. Endlich! Der erste Hundebesitzer traut sich nach draußen. Die Deutsche Dogge zerrt an der Leine und es ist klar, wer mit wem durch die Kälte stapft. Clemens wundert sich, wie ein kleiner Mann – er schätzt ihn auf gerade einmal 165 Zentimeter – den Mut aufbringt, sich einen so großen Hund anzuschaffen, denn er wird ihn kaum halten können, wenn es darauf ankommt. Als sich der Hundebesitzer als Ferdinand Langbein vorstellt, zuckt Clemens' Gesichtsmuskulatur trotz der inzwischen eisigen Wangen. Die Befragung verläuft unruhig, denn weder der Hund noch sein Besitzer wollen bei der Kälte stehen bleiben und Maria und Clemens treten fröstelnd von einem Bein aufs andere. Langbein ist Montagabend früher als sonst rausgegangen, so gegen halb neun, hat jedoch beim Ausführen seines Hundes nichts bemerkt, was nicht verwunderlich sei, da der Hund seine ganze Aufmerksamkeit fordere. Dafür kann er genauestens Auskunft geben, wer von seinen Nachbarn Hunde besitzt und zu welcher Uhrzeit diese im Normalfall abends Gassi gehen. Die letzten Informationen erhalten die Kommissare bereits zwischen Tür und Angel, da die Deutsche Dogge nicht mehr gewillt ist, sich länger draußen aufzuhalten.

Nach einem Blick auf seine Armbanduhr kommt Clemens zu folgendem Resultat: »Entweder wir frieren weiter und kommen uns vor wie die Deppen, oder wir statten den Hundebesitzern einen kurzen Besuch ab. Noch ist es weit vor Mitternacht.«

Maria blickt sich um. »Die Hundebesitzer sind auch nicht mehr das, was sie mal waren. Die lassen ihre Hunde bei dem Wetter nur noch in den Garten.«

»Komm, bringen wir es hinter uns.«

Ferdinand Langbein hat ihnen fünf Hundebesitzer genannt. Drei davon wohnen auf der Pigageallee, zwei in der modernen Wohnanlage mit Blick auf den Rhein.

Die Reaktionen der Herausgeklingelten sind unterschiedlich. Manche fühlen sich gestört und sind ungehalten, andere bieten den Kommissaren ein warmes Getränk an. Jedes Mal ist das Ergebnis der Befragung gleich. Entweder hatten sie den Hund in den Garten gelassen oder waren ziemlich früh unterwegs gewesen. Der Letzte ist Richard Laurentius. Er wohnt in der Anlage im zweiten Stock, seine Hündin heißt Emma. Auch hier, wie bei den meisten zuvor, öffnet ihnen ein älterer Herr, an dessen Seite diesmal ein stattlicher Königspudel neugierig die Besucher in Augenschein nimmt. Wie sich herausstellt, war Herr Laurentius mit seinem Hund noch kurz vor zehn Uhr an dem Abend unterwegs. Auf die Frage von Maria Esser, ob ihm etwas aufgefallen sei, lächelt der alte Mann milde.

»Ja. Da war etwas, worüber ich mich gewundert habe.«

Clemens und Maria schauen sich erstaunt an. Nach der bisherigen Pleite bei den Befragungen hatten sie nicht mehr an einen Hinweis geglaubt.

Laurentius streichelt den Kopf von Emma. »Kurz bevor ich in die Pigageallee einbog, bemerkte ich ein Liebespaar in enger Umarmung. Bei den kühlen Temperaturen hat mich diese Szene angerührt, aber auch verwundert.«

»Was genau haben Sie gesehen?«

»Nicht viel. Obwohl Vollmond war, konnte ich nur wenig erkennen, meine Augen sind nicht mehr die besten.«

»Aber dass es ein Liebespaar war, haben Sie gesehen?«, fragt Maria nach.

»So schien es mir zumindest. Sie kennen das ja, auch wenn man etwas nicht genau wahrnehmen kann, stellen sich dennoch Assoziationen ein.«

Trotz des geschickten Nachfragens der Hauptkommissare bleibt die Aussage von Richard Laurentius nebulös. Das Paar habe mitten auf den Rheinwiesen gestanden, eng umschlungen, und der Mann mit dem Rücken zu ihm. Er wäre von durchschnittlicher Größe gewesen, eher schlank. Die Frau habe er nicht sehen können, aber er gehe davon aus, dass es eine Frau gewesen sei und es sich um ein eher junges Pärchen gehandelt habe. Mehr könne er nicht berichten, ein Auto sei ihm nicht aufgefallen.

10.

Mittwoch früher Morgen Polizeipräsidium. Clemens von Bühlow steht mit einem Becher Kaffee auf dem Balkon von Hendrik Flemmings Büro und schaut in Richtung Hafen. Langsam wird es heller, er kann schon den Raureif auf den Grünflächen erahnen. Die Luft ist kühl und der Wind schneidend, beides hilft ihm, wach zu werden. Kaum hat er sich eine Zigarette angesteckt, tritt Flemming auf den Balkon. Auch er sieht müde aus. Clemens vermutet, dass sein Kollege bis spät in die Nacht am Computer gehockt hat. Der Rechercheexperte überrascht seine Kollegen immer wieder aufs Neue mit Hinweisen und Informationen, deren Herkunft von Bühlow gar nicht wissen will. Und so hütet er sich auch davor, Flemming nach seinen Methoden zu fragen. Es reicht ihm aus, zu wissen, dass auf den Kommissar Verlass ist. Früher war Flemming ein gefürchteter Hacker, den Clemens und Kreutz trotz der Bedenken des Polizeipräsidenten für den Polizeidienst gewinnen konnten. Anfangs tat sich Clemens schwer mit Hendrik, der so wenig Wert auf sein Äußeres legt und immer einen schmuddeligen Eindruck macht.

»Jetzt kann ich noch nicht einmal mehr in Ruhe rauchen«, zieht Clemens Hendrik auf, der sich mit seinem Feuerzeug auf dem zugigen Balkon abmüht.

»Komm, lass dir helfen.« Clemens reicht ihm sein Sturmfeuerzeug. Nervös zieht Hendrik an seiner Zigarette. Clemens betrachtet ihn irritiert. Hendrik, den man nur mit ausgeleierten T-Shirts, löchrigen Turnschuhen und ungepflegten Haaren kennt, hat einen anthrazitfarbenen Wollanzug an, ein weißes Hemd und – Clemens glaubt seinen Augen nicht – schwarze Schnürschuhe. Er war sogar beim Friseur. Doch da Hendrik sich von ihm abgewandt hat, verzichtet er darauf, ihn anzusprechen. Sie verstehen sich mittlerweile ausgezeichnet, auch wenn sich ihr Kontakt nur auf die Arbeit beschränkt. Deshalb ist Clemens mit Fragen, sobald es um die Privatsphäre seines Kollegen geht, sehr zurückhaltend.

Langsam füllt sich das Büro. Florian Schmidt kommt mit zwei Thermoskannen Kaffee herein und Sonja Melchior balanciert ein Tablett mit belegten Brötchen. Auf Clemens' erstaunten Blick reagiert Sonja mit einer Erklärung.

»Keine Sorge, wir führen hier keine neuen Sitten ein. Aber wir dachten, das ist unser Einstand, und wir sind ja auch heute unter uns.«

Clemens muss schmunzeln, denn Sonja und Florian machen einen etwas verunsicherten Eindruck. Nicht nur die beiden haben das Gefühl, vielleicht doch etwas zu weit nach vorne geprescht zu sein. Und so hilft ihnen Maria aus der Klemme.

»Wir sind wirklich unter uns. Pia Cremer bittet dich, sie kurz vor der Pressekonferenz, die für elf Uhr angesetzt ist, über die neuesten Erkenntnisse zu informieren, und Kreutz muss einen anderen Termin wahrnehmen.«

»Ist in Ordnung«, gibt sich Clemens gönnerhaft, schiebt jedoch einen Nachsatz hinterher. »Aber lasst das nicht zur Gewohnheit werden und wehe, einer referiert mit vollem Mund.«

Nachdem die ersten Brötchen ihre Abnehmer gefunden haben, berichtet Clemens von der Befragung der Eltern Zimmermann. Viel Neues sei nicht dabei herausgekommen. Natalie habe ein sehr gutes Verhältnis zu ihren Eltern gehabt, sich ganz auf ihr Studium konzentriert, sei sehr gewissenhaft gewesen und für ihr Alter sehr besonnen und verantwortungsbewusst. Bis auf die Clique im EnVogue kannten ihre Eltern auch alle Freunde und Kommilitonen.

Der verwunderte Blick von Florian Schmidt lässt Clemens ausführlicher werden. »Zu Beginn der Semesterferien haben die Eltern immer ein Fest gegeben, zu dem sie auch die Freunde ihrer Tochter einluden. So hatten sie die Möglichkeit, den Umgang von Natalie ein wenig im Auge zu behalten.«

Der Hauptkommissar fasst anschließend die Ergebnisse der Befragung der Hundebesitzer zusammen und endet mit der Bemerkung: »Wirklich viel hat das nicht gebracht. Es bestätigt nur die zeitliche Einordnung, dass die Tote etwa um zehn Uhr abends auf der Buhne drapiert wurde. Aber wir können nun konkret auf der Pressekonferenz die Journalisten bitten, in ihrer Berichterstattung die Mithilfe der Bevölkerung einzufordern.«

Florian meldet sich zu Wort. »Nachdem Sonja und ich mit Schoeller gesprochen haben, hat er sich bereit erklärt, mit diversen Jeansherstellern in Kontakt zu treten, um eventuell die Marke und die Produktionslinie der Jeans herauszufinden. Seiner Meinung nach sollten die Hersteller der Ballettschuhe und des Tellertutus kontaktiert werden. Die vertiefende Recherche wegen der Hol-Boots hält er für sinnlos.«

Flemming ergreift das Wort. »Ich habe mit der Abteilung Presse- und Öffentlichkeitsarbeit der Hersteller der Ballettsachen telefoniert. Sie haben uns jeweils eine Liste der Geschäfte, die sie europaweit beliefern, zukommen lassen. Die muss ich noch auswerten. Ein weiterer Ansatzpunkt sind die jeweiligen Internetshops der Hersteller. Für die Übermittlung der Kontaktdaten der in Frage kommenden Käufer habe ich schon einen Antrag bei der Staatsanwaltschaft eingereicht.«

»Sehr gut«, wirft Clemens ein, der die wachsende Selbstständigkeit von Flemming begrüßt.

»Es gibt jedoch einen Wermutstropfen«, gibt der zu bedenken. »Obwohl die Ballettsachen hochwertig und teuer sind, können sie sowohl neu als auch gebraucht in diversen Verkaufsportalen erworben werden.«

»Sind die Sachen neu gewesen?«

»Schoeller meint, ja.«

»Bleib dran und versuch, auch bei den anderen Portalen an die Adressen der Besteller zu kommen, vorerst die Käufer von neuen Waren.«

Maria will wissen, ob eine erneute Handy-Ortung etwas gebracht hat.

Hendrik schüttelt den Kopf. »Immer noch ausgestellt.«

»Und die Funkzellenauswertung?«

»Braucht noch Zeit.«

»Wie, braucht noch Zeit? Das dauert doch nicht länger als einen, höchstens zwei Tage«, kommt es barsch von Clemens.

»Die Kollegen sind völlig überlastet und haben einen enormen Krankenstand.«

»Mach da Druck!«

»Habe ich. Aber die sagen, eine Funkzellenauswertung bei vermissten Personen habe Vorrang, weil da noch die Chance bestünde, sie lebend zu finden.«

»Dann sag denen, das Argument zählt bei mir nicht. Was ist, wenn das nicht die einzige Tote in unserem Fall bleibt?«

»Glaubst du das?«

»Weiß ich nicht, aber das musst du den Kollegen ja nicht sagen.«

Hendrik macht sich Notizen, dann nimmt er den Faden wieder auf. »Auch die Rückmeldungen der Zahnärzte lassen noch auf sich warten.«

»Gibt es neue Erkenntnisse über das Tattoo?«, will Clemens von Florian wissen.

»Ich habe mich in der Szene noch weiter umgehört. Besonders gesprächig sind die nicht gerade. Aber es scheint so zu sein, dass es da jemanden in Düsseldorf gibt, dem ein entsprechendes Talent nachgesagt wird. Er soll Mike heißen. Von ihm wird nur unter der Hand gesprochen, keiner der Befragten kennt ihn offensichtlich persönlich.«

»Versuch da mehr rauszubekommen. Vielleicht wäre es gut, wenn Christian dich unterstützt.« Clemens blickt zu Oberkommissar auf der Heide hinüber. Der junge Familienvater hat in den letzten Monaten unglaublich gewonnen. Er ist ruhiger geworden, aber weiterhin etwas umständlich und seine ungebügelten Hemden sind immer noch sein Markenzeichen.

»Florian hat sich als Polizist ja schon geoutet. Aber du könntest als möglicher Kunde versuchen, an diesen Mike heranzukommen.«

»Mach ich, aber unter einer Bedingung. Die Kosten für das Tattoo übernimmst du.« Christian grinst. »Sonst bekommst du mit meiner Frau richtig Ärger.«

»Geht in Ordnung, aber auch nur dann, wenn du dir nicht den ganzen Rücken verschönern lässt«, kontert Clemens.

»Wie geht es jetzt weiter?«, fragt Sonja, die sichtlich angespannt ist und im Augenblick keine Geduld für die Albernheiten ihrer Kollegen hat.

Clemens schaut fragend zu Maria.

»Sonja und Florian könnten doch die Freunde und Kommilitonen von Natalie Zimmermann befragen«, schlägt sie vor.

»Ja. Das wäre prima. Die Eltern haben uns eine Namensliste mitgegeben, die bekommt ihr gleich. Ich werde nachher zu Pia Cremer gehen und danach die Pressekonferenz abhalten. Übrigens«, Clemens wendet sich an Flemming, »hast du Lara Lüttge erreicht?«

»Ja. Sie erwartet euch heute am späten Nachmittag und begleitet euch ins EnVogue.«

»Gut. Ich schätze, so um zehn Uhr werden wir da sein. Wäre gut, wenn ihr euch schon vorher umschaut«, spricht Clemens von Bühlow Sonja und Florian direkt an.

11.

Mittwoch später Abend EnVogue. Das alte, flache Backsteingebäude auf dem ehemaligen Gelände des Güterbahnhofs in Pempelfort wirkt von außen etwas heruntergekommen. Wer noch nie hier gewesen ist, kann sich kaum vorstellen, dass die Räumlichkeiten so großzügig sind. Die Inneneinrichtung erinnert an den herrschaftlichen Glanz vergangener Jahrhunderte: Prachtvolle Kronleuchter, Seidentapeten und Holzintarsien geben den Räumen ein ganz besonderes Flair. Der Kuppelsaal und ein Teil des Restaurants verwandeln sich zu später Stunde in eine Diskothek.

Clemens von Bühlow führt seine Begleitung, Maria Esser und Lara Lüttge, direkt zur Bar, die, originell geschwungen in floral-abstrahierten Formen des Jugendstils, einen Großteil des Restaurants dominiert. Von hier aus haben sie den besten Überblick, auch in die schlauchförmigen Gänge, die mit bequem anmutenden Ledersesseln ausgestattet sind. Noch ist es für die allwöchentliche Studentenparty zu früh. Aber das Restaurant ist gut besucht und Clemens, der alles ausgiebig sondiert, findet schnell seine Kollegen, die es sich an einem Tisch direkt unterhalb des Aquariums bequem gemacht haben und eine Suppe essen. Clemens hatte zuvor Lara Lüttge gebeten, ihnen mehr über die Besuche im EnVogue zu erzählen. So wirkt das Trio, als unterhielte es sich angeregt, und den Ermittlern ist es möglich, die Gäste unauffällig zu beobachten.

Der Großteil der Besucher ist über dreißig. ›Kein Wunder bei den Preisen‹, denkt Clemens, der kurz einen Blick auf die Speise- und Getränkekarte geworfen hat. Nach knapp einer Stunde, in der die drei auf den unbequemen Barhockern herumgerutscht sind und mehrere Gläser Wasser getrunken haben, verändert sich das Publikum. Die meisten Gäste sind mit dem Essen fertig, verlassen das Restaurant oder setzen sich für einen Digestif an die Bar. Jüngere Leute strömen herein, der Großteil Anfang bis Mitte Zwanzig, einige von ihnen machen es sich mit einem Drink in den Ledersesseln gemütlich, nur wenige bestellen etwas zu essen.

»Manchmal haben wir hier auch eine Kleinigkeit gegessen, meist dort drüben in der Nähe des Aquariums, aber oft reichte es nur für ein oder zwei Drinks«, erzählt Lara.

»Kommen mittwochs immer die gleichen Leute?«, will Maria Esser wissen.

»Ob mittwochs oder freitags, es gibt nur ein paar Leute, die einem wirklich bekannt vorkommen, und noch weniger, mit denen man sich auch unterhält.«

»Und wann kommen Ihre Bekannten in der Regel?«

»Meist recht spät.« Lara blickt verwundert in Richtung Rundbogen, der den schmalen Gang trennt, durch den die Gäste vom Eingang aus in das Restaurant gelangen.

»Komisch, da ist ja schon der erste. Das ist Jonas.« Ein junger Mann schaut sich suchend um. Als er Lara sieht, kommt er freudestrahlend auf sie zu.

»Hallo, schön, dich zu sehen. Wo ist denn Natalie?«

Ohne auf seine Frage einzugehen, stellt Lara ihm die Ermittler vor. Verdutzt begrüßt er die beiden. Als Clemens ihn über den Tod von Natalie aufklärt, wird er blass. Fassungslos stößt er hervor: »Mein Gott. Ich habe sie Freitag doch noch hier gesehen.«

»Sie ist ermordet worden und deshalb benötigen wir so viele Informationen wie möglich, um uns ein Bild von ihren Lebensumständen machen zu können.«

»Ermordet?« Jonas blickt Lara entgeistert an. »Das kann doch nicht wahr sein!«

Immer mehr Menschen strömen in das Restaurant, in dem in gut einer halben Stunde niemand mehr sein eigenes Wort verstehen wird. Jonas, sichtlich erschüttert, erzählt, dass er Natalie sehr mochte, sich aber nicht getraut habe, näheren Kontakt zu suchen.

»Sie wirkte zwar freundlich und offen, aber es schien ihr

nur ums Tanzen zu gehen. Nachdem ein Versuch, sie näher kennenzulernen, vollkommen daneben gegangen ist, habe ich es bei der Begrüßung, kurzen Wortwechseln und dem gemeinsamen Tanzen belassen.«

»Was meinen Sie mit ›vollkommen daneben gegangen‹?«, fragt Maria nach.

Jonas errötet leicht. »Ich wollte mich mit ihr treffen, außerhalb der Disco, aber sie ist gar nicht darauf eingegangen.«

Clemens kann es nicht glauben: Da steht ein großer, gut aussehender junger Mann vor ihm, der schon beim ersten Versuch aufgibt.

Mit lautem »Hallo« werden Lara und Jonas nun von vier weiteren Bekannten begrüßt: Sophie, Stella, Daniel und Leonhard. Kaum haben sie die bedrückten Gesichter von Lara und Jonas bemerkt, halten sie inne. Clemens stellt sich und Maria kurz vor und fragt, ob es einen Raum oder eine Ecke gibt, wohin man sich zurückziehen kann, denn mittlerweile ist es sehr voll und gleich startet die Lichtshow. Im hinteren Teil des Gebäudes gibt es eine kleine Lounge, erklärt Leonhard, in die sie sich zurückziehen können .

Das anfängliche Entsetzen über die Ermordung von Natalie weicht nach wenigen Minuten dem Bedürfnis, mehr zu erfahren. Die Kommissare beantworten geduldig die Fragen, um danach ihrerseits weitere Informationen zu bekommen.

»Wann hat Natalie die Disco verlassen?«

»Ich glaube, so gegen halb zwölf«, antwortet Leonhard Maria, der seine Freunde fragend anschaut. Sie nicken bestätigend.

»Wie lange sind Sie geblieben?«, fragt Clemens.

»Bis zum Schluss, also bis um vier Uhr früh«, bemerkt Stella.

»Sind Sie gemeinsam aufgebrochen?«, kommt es von Maria.

»Ja, das machen wir meistens so. Jonas und Sophie können nach Hase lufen und der Rest nimmt sich ein Taxi, das uns nacheinander absetzt«, erklärt die junge Frau.

»Sie waren also die ganze Zeit zusammen?«, hakt Clemens nach.

»Ja, schon. Natürlich haben wir auch mal mit anderen getanzt.«

»Ich war kurz draußen«, meldet sich Daniel zu Wort.

Der Blick Marias veranlasst ihn fortzufahren.

»Kurz nachdem Natalie gegangen ist, kamen mir Bedenken, sie alleine zur Straßenbahn gehen zu lassen. Sie sah wirklich schlecht aus, und so habe ich versucht, sie einzuholen.«

»Wann war das?« Clemens ist hellwach.

»Vielleicht fünf Minuten später.«

»Und dann?«

»Erst musste ich mich durch die vollen Gänge quetschen, dann über das Gelände laufen, das sich etwas hinzieht, und als ich auf der Schirmerstraße ankam, habe ich von Natalie nichts mehr gesehen.«

»Ist Ihnen irgendetwas aufgefallen?«

Daniel überlegt, dann schüttelt er den Kopf: »Nein, nichts.«

Nach einer guten Stunde haben die Hauptkommissare eine Einschätzung gewonnen, in welchem Verhältnis die jungen Leute zueinander stehen. Diese Art des lockeren, mitfühlenden Gesprächs mit mehreren Beteiligten dient in erster Linie der Vertrauensbildung und dazu, ein Gefühl für die Gruppe zu bekommen. Nachdem Clemens und Maria die Personalien aufgenommen haben, bitten sie die jungen Leute, am nächsten Morgen nacheinander ins Präsidium zu kommen. Sie verabschieden sich und lassen die Freunde allein, denen der Spaß an einem vergnüglichen Disco-Abend vergangen ist.

»Morgen müssen wir bei Daniel nachhaken. Wenn es wirklich nur fünf Minuten waren, kann ich nicht glauben, dass er nichts bemerkt haben will. Ich hoffe, wir erfahren mehr durch die Einzelbefragungen, denn so wie es den Anschein hat, kennen sich die anderen etwas näher, nur Lara und Natalie dürften nicht zum engeren Kreis gehört haben«, resümiert Clemens seine Eindrücke.

»Wollen wir an der Bar noch etwas trinken?«

»Ja, lass uns das Völkchen hier noch etwas beobachten«, antwortet Clemens und bestellt zwei Pils.

»Hier wird ganz gut gebaggert«, bemerkt Maria.

»Wo sind denn unsere Freunde vom Präsidium?«

»Da hinten rechts, eng umschlungen.«

»Nicht dass uns dieser Einsatz ein Liebespaar einbringt«, seufzt Clemens, der es nicht schätzt, wenn Kollegen des gleichen Teams liiert sind.

»Das glaube ich nicht. Die sind beide schon längere Zeit in festen Händen.«

»Woher weißt du das schon wieder?« Er schaut Maria erstaunt an, die ihn verschmitzt anlächelt.

»Tja, man hat so seine Quellen.«

»Dann kannst du mir bestimmt auch verraten, was mit Flemming los ist.«

»Natürlich. Der ist frisch verliebt.«

»Das sieht mir aber nicht danach aus. Er ist nervös und hat auch noch mit dem Rauchen angefangen.«

»Diesmal beruht das Gefühl auf Gegenseitigkeit, wurde auch Zeit!«

»Hm, verstehe ich trotzdem nicht.«

»Mensch, Kleiner«, kommt es von Maria, »der hat Schiss.«

Endlich kommt das Pils und sofort greifen die Kommissare zu ihren Gläsern. Als Clemens den ersten Schluck trinkt, wird er plötzlich angerempelt. Der Inhalt des halben Glases ergießt sich über seine Hose. Er springt reflexartig von seinem Barhocker auf und beugt sich nach vorne. In diesem Augenblick fällt sein Dienstausweis auf den Boden.

»Entschuldigung«, hört er hinter sich eine Stimme. Verärgert dreht er sich um und blickt in die Augen eines Mannes, der etwas älter ist als der Durchschnitt der jungen Leute, die sich hier amüsieren.

»War wirklich keine Absicht, tut mir leid.«

»Schon gut.« Clemens bückt sich, hebt seinen Ausweis auf, wischt ihn mit seinem Stofftaschentuch ab und steckt ihn wieder in die Brusttasche seines Hemdes. Dann dreht er sich zu Maria um und bestellt noch ein Bier.

»Jetzt stinke ich wie eine ganze Kneipe.«

Hod hat sich an das Ende der Bar gesetzt. Auch wenn es den Anschein hat, er würde hier in Ruhe sein frisch gezapftes Alt trinken, hat er doch abwechselnd die Kommissare und die Tanzfläche im Blick. Dieser dumme Kommissar – lässt der seinen Dienstausweis direkt vor seinen Augen zu Boden fallen – und diese hübsche, eifrige Kollegin. Sie stellen Nachforschungen an, machen sich Notizen. Natalie haben sie schon gefunden. Er wird ihnen noch viel zu denken geben. Heute sucht er sich eine neue Gefährtin.

12.

Donnerstag früher Morgen Polizeipräsidium. Clemens steht vor dem Kaffeeautomaten und kann gerade noch zur Seite springen, als die braune Flüssigkeit nach allen Seiten spritzt.

»Kompliment, da warst du heute schneller als ich.«

Er dreht sich um und sieht Maria vor sich stehen mit einer völlig bekleckerten Jeans. Sie hält ihm einen hell leuchtenden Zettel unter die Nase: ›Defekt‹.

»Und nun? Ohne Kaffee geht bei mir gar nichts.«

»Florian holt schon eine Kanne aus der Kantine. Bevor wir die Befragungen starten, sollten wir uns kurz austauschen.«

Christian auf der Heide läuft den Flur entlang und erwischt Clemens, kurz bevor dieser die Tür zu Flemmings Büro öffnet.

»Ich bin spät dran.«

»Das sehe ich.« Der Hauptkommissar ist amüsiert. Es ist noch nicht einmal halb acht, normalerweise ist der junge Familienvater nicht so früh auf Trab. Er hat drei Töchter, die jüngste ist gerade einmal wenige Monate alt. Da wird er nicht viel Schlaf bekommen.

»Nein, ich meine das anders.«

»Und wie?«

»Ich habe mit einem Kollegen von der Sitte Kontakt aufgenommen, den soll ich heute begleiten, denn eventuell kann er mir mit unserem Tattoo-Genie Mike weiterhelfen.«

»Na, dann mal los. Melde dich aber heute noch.«

Clemens nimmt einen der Plastikbecher, die Florian auf Hendriks Schreibtisch aufgereiht hat, und gießt sich Kaffee ein. Würziger Duft erfüllt das Büro. Nach dem ersten Schluck fragt er in die Runde: »Was gibt es Neues?«

»Auf unserer Hotline hat es bisher zwei Anrufe gegeben, die Angaben über den Montagabend am Schloßufer gemacht haben«, antwortet Flemming.

»War was dabei, was uns weiterhelfen könnte?«

»Möglich. Ein Spaziergänger will einen dunklen Golf neueren Baujahrs am Benrather Schloßufer gesehen haben. Ein anderer hat sich über zwei Betrunkene beschwert, die um halb zehn auf dem Fußweg randaliert haben.«

»Hast du schon jemanden hingeschickt?«

»Ja. Eine Polizeistreife war vor Ort. Hier die Protokolle der Befragung.« Hendrik reicht Clemens die Papiere. Dieser überfliegt sie kurz, dann wendet er sich den anderen zu. »Die Pressekonferenz gestern ist ruhig abgelaufen, man hat uns Unterstützung zugesagt.« Er schaut erneut in die Protokolle, schüttelt verärgert den Kopf und reicht sie an Sonja weiter.

»Vielleicht kannst du da noch mehr rausbekommen. Florian, ihr macht das am besten zusammen und befragt die Anrufer ein zweites Mal. Das hier ist doch ziemlich dürftig. Gibt es sonst noch etwas?«

»Nein. Obwohl die Zahnstellung unseres mutmaßlichen Täters recht gut rekonstruiert werden konnte, habe ich bisher nur Negativmeldungen von den Zahnärzten erhalten. Auch die weiteren Listen mit Käufern von Ballettschuhen und diesen Tutus im Internet lassen noch auf sich warten.«

Clemens trinkt, dann setzt er den immer noch heißen Becher vorsichtig auf Hendriks Schreibtisch ab. »Wir waren ja gestern im EnVogue und haben die Clique von Natalie Zimmermann kontaktiert, die kommen heute zur Befragung.« Er schaut auf seine Uhr. »In einer halben Stunde geht es los. Habt ihr etwas erfahren in der Disco gestern?«

Sonja räuspert sich: »Nach unserer Einschätzung ist das EnVogue eine lebhafte Kontaktbörse. Nicht wenige, die alleine kamen, gingen zu zweit weg. Und manche, hauptsächlich Männer, haben nicht getanzt, sondern sich nur interessiert umgesehen. Drei Männer sind uns besonders aufgefallen. Sie sind schätzungsweise Anfang dreißig und ihre Art, die jungen Frauen zu beobachten, war grenzwertig.«

»Du meinst Spanner?«

»Das war zumindest mein Eindruck. Sie schienen nicht das Bedürfnis zu haben, die Frauen, für die sie sich interessierten, auch anzusprechen.«

»Florian, entspricht das auch deiner Einschätzung?«

»Ja, absolut.«

»Dann geht doch bitte mal zu den Kollegen der Kriminaltechnik und lasst euch jeweils von den drei Personen ein Phantombild erstellen. Vielleicht kommen wir so weiter.«

Hendriks Telefon klingelt.

»Das war gerade der Pförtner, ihr bekommt Besuch«, informiert Flemming Clemens und Maria.

»Gut, dann war es das fürs Erste. Und wenn ihr die Phantombilder habt, bitte gleich zu uns rein«, bittet der Hauptkommissar.

Auf dem Flur kommen ihnen die fünf jungen Leute entgegen. Clemens versucht, sich die Missstimmung darüber nicht anmerken zu lassen. Nicht grundlos haben die Hauptkommissare sie in einem zeitlichen Abstand von dreißig Minuten bestellt. Zunächst bittet Maria Daniel Vetter in den kleinen Besprechungsraum. Die anderen nehmen im Flur Platz und müssen sich auf eine längere Wartezeit einstellen.

Maria Esser beginnt mit harmlosen Fragen, die Daniel bereitwillig und konzentriert beantwortet. Sie alle würden sich schon seit ihrer Schulzeit kennen, seien gut befreundet und vor rund einem halben Jahr Natalie und Lara im EnVogue begegnet. Jonas und Sophie seien ein Paar, Stella habe auch einen Freund, der aber für ein Auslandssemester in den USA sei. Leonhard und er seien noch ungebunden. Auf die Frage, was er beruflich mache, erklärt Daniel, dass er und sein Freund gemeinsam eine Ausbildung zum Rettungsassistenten absolvieren. Nach knapp zehn Minuten, in denen Clemens anscheinend gelangweilt zugehört hat, übernimmt er die Befragung und fokussiert sich ganz auf die Situation, nachdem Natalie die Diskothek verlassen hat. In ruhigem Ton stellt der Hauptkommissar die immer gleiche Frage, stets aus einem anderen Blickwinkel: Warum, wann und wie Daniel Natalie gefolgt sei.

Nach einer Viertelstunde hat sich der junge Mann heillos in Widersprüche verwickelt: Waren es fünf oder sogar zehn Minuten, bis er das EnVogue verließ? Hatte er seinen Freunden Bescheid gesagt oder nicht? Was war seine Absicht? Wollte er Natalie nach Hause begleiten und warum? Die anfängliche Version, er habe sich Sorgen gemacht, verliert immer mehr an Glaubwürdigkeit zugunsten der Annahme, er habe die Chance nutzen wollen, sich Natalie zu nähern. Abrupt beendet Clemens die Befragung und bittet ihn, nochmals nachzudenken. Sie würden das Gespräch später weiterführen, dann könne er sich hoffentlich genauer erinnern.

»Was nun?«, fragt Maria, nachdem die beiden den Besprechungsraum verlassen haben.

»Wir müssen umdisponieren. Du befragst Jonas Seigel und Sophie Apiz zusammen mit Hendrik und ich nehme mir Stella Eiteneuer und Leonhard Meurer vor. Am besten zusammen mit Sonja, die hoffentlich schon wieder von der Kriminaltechnik zurück ist.«

Nach knapp einer Stunde gehen Maria und Clemens erneut zu Daniel. Er wirkt gefasster und räumt sofort ein, dass er Natalie nicht ganz uneigennützig gefolgt sei. Die Masche des hilfsbereiten und fürsorglichen Tanzfreundes hätte ihm vielleicht geholfen, sie für sich zu gewinnen. Er sei sogar noch bis zum Wehrhahn hochgelaufen, doch Natalie habe er nicht mehr gesehen. Ungefähr eine halbe Stunde habe der Ausflug gedauert. Ob ihm niemand begegnet sei, hakt Clemens nach. Auch hier kann Daniel den Hauptkommissaren nicht weiterhelfen. Zum Schluss der Befragung zeigt Maria ihm die Phantombilder der drei Männer, die Sonja ihr zuvor gegeben hat. Daniel betrachtet sie aufmerksam, kann sich jedoch nicht daran erinnern, diese Männer je gesehen zu haben. Die beiden bedeuten ihm, dass er gehen kann. Wirklich weitergekommen sind sie nicht.

»Lass uns schnell in der Kantine etwas essen«, schlägt Clemens Maria vor.

»Unsere Kantine heißt Casino, wie oft soll ich dir das noch sagen«, entgegnet Maria mit Kichern in der Stimme.

»Ein bisschen hochgestochen, findest du nicht? Obwohl

das Essen besser geworden ist«, gibt Clemens zu, »aber es ist trotzdem typisches Kantinenessen.«

Ihre beladenen Tabletts in den Händen, schauen sich die beiden suchend um. Erst vor wenigen Monaten wurde das Casino neu gestaltet: moderne, helle Tische und Stühle, viele hochgewachsene Grünpflanzen, die den großen Saal geschickt unterteilen. Am äußersten Ende des Raumes unter einem Oberlicht ergattern sie einen freien Tisch. Während Maria ihre Gulaschsuppe isst und Clemens sein Wiener Schnitzel begutachtet, kommt Sonja mit einem Salatteller an ihren Tisch.

»Habt ihr noch etwas aus Daniel Vetter herausbekommen?«

Clemens verneint. »Er scheint wirklich nur gut eine halbe Stunde weggewesen zu sein, das haben seine Freunde bestätigt. Lass es mal vierzig Minuten gewesen sein. Beim Tanzen schaut man nicht andauernd auf die Uhr.«

»Wo wohnt Daniel eigentlich?«

»In Flingern-Süd in der Behrensstraße.«

»Und was ist, wenn er sie dorthin gebracht hat? So weit ist das auch nicht entfernt.«

»Das geht aber nur mit dem Taxi.«

»Hat er kein Auto?«

Clemens und Maria schauen sich verdutzt an.

»Das haben wir total vergessen zu fragen«, rutscht es Maria heraus.

»Es erscheint mir sehr unwahrscheinlich, dass er mit dem Auto gekommen ist«, überlegt Clemens.

»Er konnte ja nicht damit rechnen, dass es Natalie an dem Abend schlecht gehen würde«, wirft Maria ein.

»Und was ist, wenn Natalie wirklich mit K.O.-Tropfen außer Gefecht gesetzt worden ist, wie Dr. Hummel vermutet?«, gibt Sonja zu bedenken.

»Möglich. Aber die Annahme steht auf sehr wackeligen Füßen. Übelkeit und Kopfschmerzen können durch K.O.-Tropfen ausgelöst werden, ebenso aber auch Anzeichen eines schweren Migräneanfalls sein, unter denen Natalie ab und an gelitten haben soll«, erwidert Clemens.

»Ich dachte immer, die Symptome seien wie bei übermäßigem Alkoholkonsum, und beschwipst oder gar betrunken wirkte Natalie nicht auf ihre Freunde«, erklärt Maria.

»K.O.-Tropfen können ganz unterschiedlich wirken, je nach Dosierung und Konstitution der Betroffenen. Die einen werden erst lebhaft, die anderen wirken sofort so, als ob sie betrunken wären, manche werden müde. Das Ganze kann in einer Bewusstlosigkeit oder einem komatösen Schlaf enden. Wenn das der Fall gewesen wäre, hätte der Täter Natalie ganz einfach entführen können«, überlegt Sonja.

»Da hast du vollkommen recht, aber wie ich schon sagte, mehr als eine Vermutung ist das nicht«, kontert Clemens.

»Andererseits können wir es uns nicht erlauben, diesen Gedankengang einfach zu ignorieren«, gibt Maria den Ball zurück.

»Also gut. Sonja, nimm bitte Kontakt mit den Taxizentralen auf, ob gegen halb zwölf eine Fahrt von der Schirmerstraße aus weggegangen ist. Und was haben eigentlich die anderen zu den Phantombildern gesagt?«

»Jonas kamen die Männer nicht bekannt vor. Nur Sophie glaubte, den einen schlanken Mann schon mal gesehen zu haben«, erläutert Maria.

»Komisch. Bei uns war es auch so, dass Leonhard Meurer keinen wiedererkannt hat, und Stella sich an einen der Phantom-Männer erinnerte.«

»Sehr wahrscheinlich haben die Männer keinen Blick dafür, denn auch Daniel Vetter glaubt, die Männer noch nie gesehen zu haben. Hast du die Phantombilder bei dir?«, fragt Clemens Sonja.

Diese greift in ihre Jackentasche und holt die etwas zerknitterten Papiere hervor. Clemens, der die Zeichnungen nur kurz überflogen hat, betrachtet sie nun genauer. Ein Blatt reicht er an Maria weiter.

»Sieht der nicht dem ähnlich, der mich angerempelt hat?«

»Ich bin mir nicht sicher. Eine Ähnlichkeit ist vorhanden, mehr aber nicht. Außerdem ist das so ein Typ, den sieht man, ohne ihn gesehen zu haben.« Maria gibt einen schnaubenden Ton von sich. So wie sie geschult sind, müssten sie sich besser erinnern können.

»Unser Besuch im EnVogue war auf jeden Fall nicht der letzte.« Clemens holt sein Handy aus der Brusttasche seines Hemdes. »Hendrik, ruf mal schnell im EnVogue an, ob die am Eingangsbereich eine Überwachungskamera haben. Und schau mal nach, ob auf Daniel Vetter oder Leonhard Meurer ein Auto angemeldet ist.«

Auf dem Weg von der Kantine zu ihren Büros ruft Flemming zurück. »Die haben keine Videoüberwachungskameras. Und auf Daniel Vetter ist kein Auto angemeldet, wohl aber auf Leonhard Meurer.«

»Und welches?«

»Ein alter Ford Fiesta.«

Auf dem Büroflur kommt ihnen Oberkommissar Christian auf der Heide entgegen.

»Na, wie war dein Ausflug bei der Sitte?«, fragt Clemens.

»Nicht besonders spektakulär. Aber der Kollege hat mir die einschlägigen Etablissements für Glücksspiele in Düsseldorf gezeigt und mich mit wertvollen Informationen versorgt. Er hat von Mike schon einmal gehört. Der scheint im Milieu eine nicht unbedeutende Rolle zu spielen.«

»Und was hast du nun vor?«

»Ich werde mich heute Abend da mal rumtreiben und sehen, ob ich Kontakt zu ihm aufnehmen kann.«

»Soll dich jemand begleiten?«

»Ne, lass mal. Das mache ich lieber alleine. Viel zu auffällig, wenn gleich zwei auftauchen.«

»Wenn du das Gefühl hast, in Schwierigkeiten zu geraten, ruf mich an.«

Als Clemens an der Tür von Hendrik Flemming vorbeikommt, wirft er einen Blick ins Büro. Der Aktenführer hält sein Telefon in die Höhe und versucht, das verdrehte Kabel zu entwirren.

»Du solltest dir ein Funktelefon anschaffen«, kommentiert er die Situation.

»Ich weiß nicht, wie ihr das macht, aber bei mir verheddert sich das Kabel immer so, dass ich kaum mehr den Hörer ans Ohr bekomme.«

Clemens lacht. »Gibt es etwas Neues?«

»Ein Teil der Kontaktdaten der Internetkäufer ist gekommen. Ich telefoniere die erst einmal alle ab. Scheint aber nicht sehr erfolgversprechend zu sein.«

»Dir brauche ich doch nicht zu sagen, wie Polizeiarbeit funktioniert, oder?«

»Nein, natürlich nicht. Aber so viel kann ich dir jetzt schon sagen: Der Großteil sind betuchte Mütter, deren Töchter in eine Ballettschule gehen, oder im Berufsleben erfolgreiche Frauen, die gerade mit Ballett begonnen haben.«

»Wer weiß, vielleicht stößt du trotzdem auf einen wichtigen Hinweis. Jedenfalls muss unser Täter irgendeine Beziehung zum Ballett haben. Er hätte sich diese Inszenierung sonst nicht ausgedacht«, stellt Clemens klar.

Kaum hat er sein Büro betreten, meldet sich sein Handy. Florian ist am Apparat und gibt kurz Bescheid, dass ihnen die Befragungen der Anrufer aus Benrath nicht weitergeholfen haben. Zwar haben sie die zwei Randalierer ausfindig gemacht, doch die hatten am Montagabend so kräftig gebechert, dass da mehr als ein Filmriss zu verzeichnen war. Sehr wahrscheinlich war das abgestellte Auto ein Golf der neuesten Baureihe, dunkel und eventuell mit Düsseldorfer Kennzeichen. Auf jeden Fall nur mit einem Buchstaben als Ortskennung. Sie würden sich jetzt zum Campus aufmachen und dort mit einigen Kommilitonen von Natalie Zimmerman sprechen, die sich noch in einem Seminar befänden. Danach seien noch zwei, drei Schulfreunde der Toten zur Befragung vorgesehen.

Clemens gibt sein Okay und nimmt sich nochmals das Obduktionsprotokoll und die Berichte der Spurensicherung vor, legt die Füße auf den Schreibtisch und beginnt konzentriert zu lesen. Immer wieder macht er sich Notizen, schließt für kurze

Zeit seine übermüdeten Augen oder holt sich einen Espresso aus der Kantine. Nachdem er die Protokolle durchgearbeitet hat, greift er sich die Phantombilder und betrachtet sie intensiv. ›Die sind wirklich richtig schlecht. Das bringt überhaupt nichts.‹ Er wirft die Ausdrucke frustriert auf den Tisch.

Es klopft an der Tür. Bevor Clemens »Herein« rufen kann, steht Maria schon im Raum. Sogleich fällt ihr Blick auf die Bilder. »Wollen wir die veröffentlichen?«

»Die sind so ungenau, das macht keinen Sinn. Damit können wir uns bei den Ermittlungen nur schaden.«

»Einen Versuch wäre es doch wert«, kommt es zurück.

»Erstens bekommen wir von Pia Cremer niemals die Genehmigung, auch wenn die Personen nur als Zeugen gesucht werden, und zweitens werden wir uns vor Hinweisen nicht retten können, so wenig aussagekräftig, wie diese Bilder sind.«

»Vielleicht können Sonja und Florian morgen mit dem Kollegen nachbessern, es musste ja heute ziemlich schnell gehen.«

»Ja, das wäre eine Möglichkeit, aber ich befürchte, das bringt nicht viel.«

»Na gut. Ich jedenfalls gehe jetzt nach Hause, ich kann keinen klaren Gedanken mehr fassen. Und den ganzen Tag in einer bekleckerten Jeans herumzulaufen, ist auch wenig amüsant.« Maria seufzt. »Du solltest vielleicht auch Feierabend machen.«

»Ja, ich mache mich auch gleich auf den Weg.«

Nachdem Maria die Tür hinter sich zugezogen hat, steht Clemens auf und schaut aus dem Fenster in die Dunkelheit. Tief in Gedanken versunken, schrickt er zusammen, als sein Handy erneut das Flugzeug starten lässt. Diesmal ist Christian auf der Heide dran.

»Habe ihn gefunden. Hat mich einige Scheine gekostet und dank meiner unbedarften Ausstrahlung habe ich auch eine Audienz bekommen.« Clemens hört aufmerksam zu.

»Dieser Mike wird mächtig abgeschirmt, doch als ich den Bodyguards glaubhaft versichern konnte, ich suche nur das

Tattoo-Genie, wurde ich auf einmal in die heiligen Hallen gebeten.«

Clemens schmunzelt. ›Die haben dir schon von Weitem den Polizisten angesehen.‹

»Ich habe ihm das Foto gezeigt. Er hat mir bestätigt, dass es eine exzellente Arbeit sei, die leider nicht von ihm stamme. Er würde sich nur noch in Ausnahmefällen überreden lassen, seinem Hobby zu frönen, und dann auch nur bei sehr guten Geschäftspartnern. Einen Hinweis hat er mir aber doch geben können.«

Clemens wird langsam ungeduldig. Er schätzt Christians Zuverlässigkeit und kollegiale Hilfsbereitschaft, aber dass er immer so lange braucht, bis er auf den Punkt kommt, macht ihn nervös.

»Er hat mir den Namen seines Tattoo-Lehrers genannt, mittlerweile ein alter Mann, der in London lebt. Wir sollen den mal kontaktieren, es könnte möglicherweise ein Schüler von ihm sein, denn die Art, wie das Tattoo gefertigt ist, erinnert ihn sehr an dessen Stil.«

»Gut. Mach das, am besten heute noch.« Clemens legt sein Handy beiseite und schaltet seine Schreibtischlampe ein, denn mittlerweile reicht die Deckenbeleuchtung in seinem Büro nicht mehr aus. Er legt die Füße wieder auf den Schreibtisch, nimmt sich die Protokolle und beginnt von vorn.

Hod masturbiert im kalten Licht des Mondes. Er denkt an seine Auserwählte. Im Augenblick tanzt sie nicht. Bald wird sein Haus wieder leer sein.

13.

Freitag früher Morgen Hafen. Das Handy gibt Laut, verstummt, startet erneut das Flugzeug. Der Lärm der Triebwerke, der die Stille durchbricht, scheint bei jedem Anruf näher zu kommen. Kurze Zeit später ertönt das Summgeräusch des Festnetzanschlusses. Doch erst die Stimme von Maria Esser auf dem Anrufbeantworter holt Clemens von Bühlow aus dem Tiefschlaf.

»Clemens, wach auf! Mach schon! Wir haben eine zweite Leiche. Clemens! Clemens, geh endlich dran!«

Der Hauptkommissar springt auf. Völlig orientierungslos steht er in seinem Appartement. Wieder meldet sich sein Handy, ebenso das Festnetztelefon. Er tastet nach dem Schalter der Nachttischlampe. Immer noch verwirrt, geht sein Blick zuerst zum Handy, dann zum Telefon. Schließlich greift er nach dem Handy.

»Na endlich«, meldet sich Bernd Völler, der diensthabende Kommissar der Bereitschaft. »Deinen gesegneten Schlaf möchte ich haben.« Langsam kommt Clemens zu sich, da schellt schon wieder das andere Telefon.

»Ich hole dich in zwanzig Minuten ab«, hört er Marias Stimme auf dem Anrufbeantworter.

»Ja, ja«, murmelt er und knurrt dann in sein Handy: »Was ist los?«

»Eine Tote, wieder in Benrath. Solltest du dir ansehen. Sieht ganz so aus, als wenn dein Mörder wieder zugeschlagen hat.«

»Ich komme.« ›Mein Mörder.‹ Clemens zieht eine Grimasse. Dann massiert er sich die Schläfen, stolpert in seine kleine Küche und wirft die Espressomaschine an. Kurz darauf eilt er ins Badezimmer. Der kalte Wasserstrahl lässt ihn aufheulen, aber das ist der schnellste Weg, um einen klaren Kopf zu bekommen. Nachdem er sich abgetrocknet hat, zieht er die Schwebetüren seines großen Kleiderschranks auf, ignoriert die Stange mit den maßgeschneiderten Hemden und Designeranzügen, greift sich schnell ein T-Shirt, Boxershorts und einen dunkelbraunen Rollkragenpulli, holt eine schwarze Jeans vom Bügel und ein schwarzes Wollsakko. In Windeseile ist er angezogen. Kaum hat er seinen letzten Schluck Espresso getrunken, klingelt Maria Sturm. Clemens rennt die Treppen hinunter und steigt zu ihr ins Auto. Sie fährt recht flott an.

»Darf ich rauchen?«

»Wenn es denn sein muss, aber mach das Fenster auf.«

Tief inhaliert er den ersten Zug.

»Was weißt du?«

»Nicht viel. Eine tote Frau soll auf einer Bank am Benrather Schloss sitzen. Auch sie ist bekleidet mit diesem Tutu und Ballettschuhen.«

Clemens geht mit der Hand durch seine Haare, die immer noch feucht sind. »In der Presse stand nichts über die Art der Präsentation der ersten Toten«, überlegt er laut.

»Nein, bisher ist noch nichts durchgesickert«, bestätigt Maria.

Der Abschnitt der Benrather Schloßallee, die im Bogen um den Schlossweiher verläuft, ist großräumig abgesperrt. Zahlreiche Scheinwerfer erhellen den Weg um den Teich. An der Absperrung zeigen die Hauptkommissare ihre Dienstausweise und schlüpfen unter dem Flatterband hindurch. Nach ein paar Schritten bleibt Clemens stehen und betrachtet fasziniert die Inszenierung, während Maria bereits mit Bernd Völler spricht.

Eine junge Frau sitzt auf einer der Bänke und starrt zum Schloss, das wunderschön angestrahlt wird. Sie wirkt auf den ersten Blick völlig entspannt und hält eine rote Rose in den Händen. Der Kommissar nähert sich ihr bedächtig und betrachtet sie ausgiebig. Auch diese Tote schätzt er auf Anfang Zwanzig, ähnlicher Typ wie die erste junge Frau: klein, grazil, die Haut fast durchsichtig, mit einem leichten blauen Schimmer. Auch sie hat die Haare zum Dutt hochgesteckt. Clemens zieht seinen Mundschutz an und beugt sich über die Tote, um ihren Nacken zu inspizieren. Die Eisblume.

Vorsichtig tritt er hinter die Bank und blickt in dieselbe Richtung wie die Tote. Der Mörder hat sie direkt mittig zum Schloss gesetzt. Sie schaut nicht nur auf das ehemalige Jagdschloss des Kurfürsten Karl Theodor, sondern auch auf die goldfarbene Kugel, die über dem Weiher zu schweben scheint. Er wendet sich abrupt um. Bei der Absperrung an der Straße werden die Tumulte heftiger. Wieder einmal ist die Presse recht schnell zur Stelle und fordert Informationen. Bernd Völler steht schon bei den Journalisten und wird von einigen Streifenpolizisten unterstützt, die allzu hartnäckige Medienvertreter zurückdrängen.

Clemens tritt hinter der Bank hervor und betrachtet den Weg. Die Bänke sind in unregelmäßiger Entfernung zueinander aufgestellt. Intuitiv bückt er sich und erkundet den Boden unter der Bank. Tiefe Furchen, als wäre sie erst kürzlich mit viel Kraftanstrengung verschoben worden. Clemens winkt Armin Schoeller zu sich, der einige Meter entfernt seinen Leuten Anweisungen zuruft.

»Wie weit seid ihr?«

»Noch lange nicht fertig«, antwortet Schoeller missmutig.

»Habt ihr die Schleifspuren unter der Bank gesehen?«

»Selbstverständlich, die sind sogar schon erfasst.«

»Sind die neueren Datums?«

»So wie es aussieht, gerade einmal ein paar Stunden alt. Aber es sind nicht nur die Furchen. Schau mal hier, die Bank ist komplett aus der Verankerung gerissen.«

Clemens geht erneut in die Hocke. »Da muss jemand aber ganz schön viel Kraft aufgebracht haben.« Er erhebt sich und sieht Dr. Hummel von Weitem in seinem weißen Overall herbeieilen, schwer bepackt mit Koffer und Laptop.

»Ging leider nicht schneller, letzte Nacht war die Hölle los.«

Clemens schaut ihn verwundert an.

»Riesige Explosion mit mehreren Toten in einem Mehrfamilienhaus in Flingern-Süd.«

Clemens lässt den Gerichtsmediziner erst einmal ungestört arbeiten und geht zu Maria hinüber. »Was hast du in Erfahrung gebracht?«

»Ein Radfahrer, der zur Frühschicht unterwegs war, hat die Tote entdeckt. Er ist hier auf dem Weg geradelt.«

»Wann hat er sie gefunden?«

»Um halb fünf ging der Notruf ein. Das Protokoll der Vernehmung bekommen wir gleich.«

»Und sonst?«

»Schoeller hat Reifenspuren und Schuhabdrücke asserviert. Hier«, sie zeigt zur Straße hin, »oberhalb des Weges muss ein Auto auf dem schmalen Grünstreifen abgestellt worden sein.«

Clemens und Maria schauen sich die Stelle an. Die Spuren, die sich in den feuchten Boden eingedrückt haben, sind gut zu erkennen.

»Das Sauwetter der letzten zwei Tage hat dann doch sein Gutes, vor allem der Nieselregen.«

»Finde ich überhaupt nicht«, bemerkt eine Stimme hinter Clemens. Erschrocken dreht er sich um und blickt in die blauen Augen von Pia Cremer.

»Die letzten zwei Tage haben Sie ja nicht viel von sich hören lassen, Herr Hauptkommissar.«

Noch bevor Clemens von Bühlow etwas erwidern kann, wird er von einem Streifenpolizisten angesprochen und gebeten, zu Dr. Hummel zu kommen, der ihm etwas zeigen wolle.

»Haben Sie sich die Tote schon genauer angesehen?«, fragt der Gerichtsmediziner.

»Nur ganz kurz. Dabei ist mir aufgefallen, dass ihr Gesicht etwas aufgedunsen wirkt und die Lippen und Wangen einen bläulichen Schimmer zeigen, aber ich will Ihnen nicht vorgreifen.«

»Keineswegs. Das sind sogenannte Stauungssyndrome des Kopfes. Sie treten bei Erwürgen, Erdrosseln und Erhängen auf. Diese Frau wurde erdrosselt. Sehen Sie hier, die horizontale Drosselfurche.«

»Ja, aber die ist nur minimal ausgeprägt.«

Dr. Hummel richtet die Taschenlampe auf eine bestimmte Stelle am Hals der Toten. »Hier können Sie es besser sehen.«

Verwundert schaut Clemens den Gerichtsmediziner an.

»Die Quetschungen sind mit Make-up abgedeckt, das ich an dieser Stelle entfernt habe. Auch die getrockneten Blutpartikel in der Nase sind ein sicheres Indiz. Die Obduktion wird das noch genauer belegen.«

»Wann ist der Tod eingetreten?«, fragt Pia Cremer, die sich mit Maria zu den beiden gesellt hat.

»Augenblick, dem Computer fehlt noch ein Parameter.«

Mit erstaunlicher Schnelligkeit gleiten die kräftigen Finger des Gerichtsmediziners über die Tastatur des Computers, auf dem ein spezielles Programm zur Todeszeitbestimmung installiert ist. Gebannt schauen Pia Cremer, Clemens von Bühlow und Maria Esser auf den Bildschirm. Es dauert keine Minute, da haben sie die Information: ungefährer Todeszeitpunkt zwischen Donnerstag, elf Uhr abends, und Freitag, zwei Uhr morgens.

»Was für eine klasse Technik.« Clemens ist begeistert.

»Sie haben aber auch Glück mit Ihren Leichen«, erwidert Dr. Hummel.

Pia Cremer fragt gereizt: »Wieso denn das?«

»Bisher bringen Sie mir frische Leichen. Setzt die Leichenfäulnis erst einmal ein, also rund vierundzwanzig Stunden nach dem Tod, hilft mir auch das Computerprogramm nicht weiter.«

14.

Freitag früher Morgen auf dem Weg zum Polizeipräsidium. Maria Esser bleibt in Benrath. Pia Cremer ist in die Rechtsmedizin gefahren und Clemens von Bühlow hat sich mit der Straßenbahn auf den Weg ins Präsidium gemacht. Die gute Stunde, die er mit öffentlichen Verkehrsmitteln von Benrath bis zum Jürgensplatz braucht, gibt ihm Gelegenheit, in Ruhe nachzudenken.

Immer wieder schaut er aus dem Fenster. Besonders die Bahnstrecke durch Reisholz, parallel zur Bonner Straße, die in die Kölner Landstraße übergeht, macht einen trostlosen Eindruck. Links unbebaute Flächen bis hin zum Gewerbegebiet und rechts wechseln sich Firmengebäude, brachliegende Grundstücke und kleine Mehr-, aber auch Einfamilienhäuser ab. Keine bevorzugte Wohngegend, aber die Stadt wird auch diesen Flecken Düsseldorfs bald entdecken und hier Nobelquartiere hochziehen, ist er überzeugt.

Im Polizeipräsidium angekommen, begutachtet er erst einmal den Kaffeeautomaten. Wie es scheint, ist er endlich repariert worden. Mit der gebotenen Vorsicht und einem Sicherheitsabstand drückt er auf die Taste ›Espresso‹. Nachdem er mit Erleichterung registriert hat, dass die braune Flüssigkeit zielsicher ihren Weg in den Plastikbecher gefunden hat, greift er den Becher und macht sich zum Büro von Otto Kreutz auf. Wie es den Anschein hat, telefoniert Kreutz mit dem Polizeipräsidenten, und das ausgesprochen lebhaft, dennoch winkt er ihn herein. Clemens setzt sich auf den Besucherstuhl. Nach fünf Minuten ist das Gespräch immer noch nicht beendet. Er steht auf und geht auf ein kleines Bild zu, das neben dem Schreibtisch an der Wand hängt. Er kennt es noch nicht und betrachtet es interessiert. Ab und an wechselt der Kriminalrat Kreutz seine selbst gemalten Bilder aus. Clemens ist immer wieder erstaunt, wie gut die sind. Das kleine Bild zeigt eine Situation bei Tisch. Die Gäste sind nicht mehr ganz nüchtern, was sich an den glasigen Augen der Dargestellten gut ablesen lässt, und sie bedienen sich kräftig, auch schon mal vom Teller des Sitznachbarn. Sie veranstalten eine riesige Sauerei, da spritzt Fett, da wird gekleckert. Er tritt einen Schritt näher heran und erkennt, wie ein Mann in das Dekolleté seiner Tischdame greift. Er lacht laut auf.

In diesem Augenblick knallt Kreutz den Hörer auf und ist sichtlich verstimmt.

»Probleme?«

»Das kannst du laut sagen. Bei der Explosion in Flingern spricht alles dafür, dass Brandstiftung vorliegt. Schlimm genug, dass drei Menschen ihr Leben verloren haben. Da es sich aber um drei Männer aus Afghanistan handelt, liegen die Nerven blank.«

»So ein Mist.« Clemens spielt mit dem mittlerweile leeren Plastikbecher und wartet darauf, dass sich sein Chef etwas beruhigt. Kreutz geht ans Fenster, schaut hinaus und holt einmal tief Luft, bevor er sich zu Clemens umdreht.

»Du brauchst nichts zu sagen. Auch du erwartest von mir die Aufstockung deines Teams.« Sichtlich angespannt beginnt Kreutz, seine Brille zu putzen. Ein typisches Anzeichen dafür, dass er sich noch nicht beruhigt hat. Clemens kennt ihn gut genug, um zu wissen, dass es jetzt taktisch klüger ist, abzuwarten. Er wirft den Becher in den Abfalleimer.

»Der Polizeipräsident hat der Sonderkommission ›Explosion Flingern‹ oberste Priorität eingeräumt. Alle verfügbaren Kräfte werden dort gebündelt.«

»Du weißt schon, dass wir eine zweite Leiche haben und alles darauf hindeutet, dass es derselbe Täter ist?«

»Ja, ich bin auf dem Laufenden«, murrt Kreutz.

»Die Presse war diesmal sofort zur Stelle, also wird es mächtig Publicity geben.«

»Vielleicht hast du Glück und das Drama in Flingern lenkt von deinem Fall ab.«

»Egal, ob die Presse Druck ausübt oder nicht, wir sind mit fünf Leuten einfach zu wenige.«

»Du hast noch das Team von Schoeller und Hummel, auf das du zurückgreifen kannst.«

»Aber nicht für die mühselige Kleinarbeit.«

»Ja, ja, ich weiß.« Der Kriminalrat überlegt.

»Ich kann dir nur Hauptkommissar Steinbeißer zuteilen. Der kommt heute aus dem Urlaub zurück und hat noch keinen neuen Fall übertragen bekommen.«

»Steinbeißer«, seufzt Clemens genervt.

»Was ist? Beim letzten Fall habt ihr doch sehr gut zusammengearbeitet.«

»Das waren zwei verschiedene Fälle und jeder hat die Ermittlungen in seinem Fall eigenständig verantwortet«, entgegnet der Hauptkommissar. »Steinbeißer steht kurz vor der Pensionierung, der wird sich einem jüngeren Kollegen nicht unterordnen.«

»Rainer Steinbeißer ist ein solider Arbeiter, und das ist es, was du jetzt brauchst. Sprich mit ihm und versuch, ihn für dich einzunehmen. Auch das hat etwas mit Führungsqualität zu tun.«

Deutlicher hätte Kreutz nicht werden können. Clemens ist klar, dass jedes weitere Wort sinnlos ist.

In seinem Büro geht er unruhig auf und ab. Er schätzt den zuverlässigen Hauptkommissar, der zwar kein Überflieger, aber ein pragmatischer Kollege ist. Beim letzten Fall haben sie sich gut ergänzt. Aber Rainer Steinbeißer hat es nicht verwinden können, dass Clemens schon nach wenigen Jahren im Präsidium das erreicht hat, was er sich über Jahrzehnte erkämpfen musste.

Clemens hebt den Telefonhörer ab und wählt die Nummer des Kollegen.

»Steinbeißer.«

»Hallo, hier Clemens, wie war der Urlaub?«

»Sehr schön. Was kann ich für dich tun?«

»Hättest du kurz Zeit für mich?«

»Ja, aber ich bin gerade erst hereingekommen.«

»Dann komme ich in einer halben Stunde vorbei. Ist das für dich in Ordnung?«

»Ja, in einer halben Stunde.«

Hod sitzt im Garten auf einem alten Holzstuhl und betrachtet das Foto seiner Mutter. »Du hast dich immer für mich geschämt.« Mit den Fingern streicht er sanft über das Bild. »Du hast meine Nähe nicht ertragen.« Ihm kommen die Tränen. Er ballt die Faust.

»Wir sehen uns gleich zur Morgenbesprechung. Bis dahin dürften auch unsere Kollegin und die Staatsanwältin von der Obduktion zurück sein«, verabschiedet sich Clemens von Steinbeißer. Der diesmal ein perfekt sitzendes weißes Hemd trägt, das seine Urlaubsbräune gut zur Geltung bringt.

Sichtlich erleichtert steuert Clemens erneut den Kaffeeautomaten an. Das Gespräch fand er gut, er hat Steinbeißer seine Wertschätzung ausgedrückt, an die gute Zusammenarbeit beim letzten Fall erinnert und ihm glaubhaft dargelegt, dass er dringend seine Erfahrung und sein Engagement benötigt. Steinbeißer machte einen aufgeschlossenen Eindruck. ›Meine Überzeugungskraft hat bestimmt nicht den Ausschlag gegeben, eher der außergewöhnliche Fall‹, überlegt er. ›Jetzt ist er erst einmal mit im Boot. Wie sich die Zusammenarbeit gestalten wird, werden wir sehen.‹

Auf dem Flur begegnet ihm Jochen Mönnekes.

»Gut, dass ich Sie treffe. Die Journalisten rennen mir die Bude ein, und schauen Sie selbst.« Der Polizeisprecher zeigt zum Fenster, das den Blick auf den öffentlichen Parkplatz vor dem Präsidium freigibt. Dort stehen Übertragungswagen der regionalen, aber auch einige der überregionalen Fernsehsender.

»Wegen der Explosion?«, fragt Clemens.

»Nicht nur, auch wegen Ihres Falls.«

»Für wann ist die Pressekonferenz wegen der Explosion anberaumt?«

»In einer Stunde.«

»Gut. Gleich haben wir Besprechung. In einer Stunde sind wir bestimmt mit den wichtigsten Informationen durch, dann schaffen Sie es noch zur Pressekonferenz. Und danach haben Sie genügend Zeit, unsere Pressekonferenz für heute Nachmittag vorzubereiten.«

Clemens sieht nochmals aus dem Fenster. Die Oberstaatsanwältin und Maria Esser treffen gerade ein und werden von herbeieilenden Journalisten umringt. Nur mit Mühe können sich die beiden einen Weg bahnen. An den Gesten Pia Cremers erkennt Clemens erleichtert, dass sie zu keiner Stellungnahme bereit ist.

Pia Cremer kann es kaum erwarten, dass sich die Aufzugtüren öffnen, genervt tritt sie heraus und läuft Clemens direkt in die Arme.

»Ich habe den Presserummel schon gesehen. Wir sollten die Pressekonferenz heute Nachmittag einberufen«, spricht er die Oberstaatsanwältin an.

»Gut, vielleicht können wir die Gemüter so etwas beruhigen. Wissen wir schon, wer die Tote ist?«

»Nein. Es ist noch keine Vermisstenanzeige eingegangen, die passen könnte.«

»Hat sich Hummel noch nicht gemeldet?«

»Nein.«

»Können wir die Besprechung jetzt schon abhalten? Ich habe in zwei Stunden einen Termin bei Gericht.«

»Das wollte ich Ihnen auch gerade vorschlagen. Übrigens, Hauptkommissar Steinbeißer wird uns unterstützen.«

Rainer Steinbeißer steht vor der Pinnwand und betrachtet konzentriert die Tatortfotos und die bunten Karteikarten. Langsam füllt sich der Besprechungsraum mit den Kollegen und Clemens verkündet, dass Hauptkommissar Steinbeißer ab jetzt zum Team gehört. Als Letzte kommt Pia Cremer mit einem Plastikbecher Kaffee herein und ergreift sofort das Wort.

»Die Übereinstimmungen zu unserem ersten Fall sind eindeutig. Die Bisswunden sind vergleichbar, nur massiver. Wieder gibt es am Körper der Toten Anhaftungen von Sperma und Speichel, mit identischer DNA, die Zahnabdrücke zeigen ebenso eindeutige Übereinstimmungen. Auch die zweite Tote hat das Tattoo im Nacken, post mortem gestochen. Lediglich die Todesursache ist eine andere. Sie wurde erdrosselt. Eine Todesart, die im Vergleich zum Erstickungstod der ersten jungen Frau eine Zunahme von körperlicher Gewalt zeigt, meint Dr. Hummel.«

Sie räuspert sich kurz. »War die erste Tote bei ihrer Gefangenschaft an Händen und Füßen gefesselt, sieht es ganz danach aus, dass bei der zweiten jungen Frau der ganze Körper fixiert war. Dr. Hummel hat Fesselungsspuren an Bauch und Oberkörper der Toten gefunden. Wir könnten Glück haben und schon bald die Identität der Toten herausfinden.«

Die Runde schaut die Oberstaatsanwältin irritiert an.

»Die Tote muss vor ein paar Jahren eine heftige Vereiterung eines Backenzahns gehabt haben, die schon den Kieferknochen angegriffen hat. Hummel meint, hier würde es sich um eine exzellente kieferorthopädische Arbeit handeln, deren Handschrift ihn an einen Kollegen aus der Zahnklinik von nebenan erinnert.«

Schoeller steht in der Tür und hat die Ausführungen von Pia Cremer gehört.

»Auch bei uns sind die Spuren identisch zum ersten Tatort«, beginnt er sofort zu referieren. »Wir konnten Fingerabdrücke, Schuhprofile und Gewebefasern asservieren, die identisch sind mit denen, die wir am ersten Fundort sichern konnten. Der einzige Unterschied: Wir können mit Reifenprofilen aufwarten, die von der Größe und Struktur zu einem Auto der Kompaktklasse gehören, doch hier brauchen wir noch Zeit.« Schoeller, der einen gehetzten Eindruck macht, fährt unbeirrt fort, obwohl die Staatsanwältin noch Fragen erwartet hat und sichtlich verstimmt ist über das Hereinplatzen des Kriminaltechnikers. »Die Bank, auf der die Tote saß, ist vom mutmaßlichen Mörder aus der Verankerung gerissen und gut einen Meter verrückt worden, das zeigen die Schleifspuren. So wie die Fingerabdrücke auf der Bank angeordnet sind, besteht kein Zweifel, dass es der Täter war.«

Kreutz erscheint im Besprechungsraum, grüßt kurz, überreicht Flemming den Ausdruck einer E-Mail und verschwindet wieder.

Hendrik überfliegt das Anschreiben. »Das ging aber schnell. Unsere Tote war Patientin der Zahnklinik der Düsseldorfer Universität. Die junge Frau, zu der das Zahnschema passt, heißt Julia Bäumler.«

»Wo gemeldet?« Maria Esser hat sich nach vorne gebeugt.

»In der Fährstraße in Hamm.«

»Oh nein!« Maria steht das Entsetzen ins Gesicht geschrieben.

»Was ist, kennst du sie?«, will Clemens wissen.

Sie schaut ihn mit großen Augen an.

»Ja, sie ist die jüngste Schwester einer ehemaligen Klassenkameradin von mir, mit der ich mal gut befreundet war. In letzter Zeit haben wir uns aus den Augen verloren.« Maria stockt. »Julia war das Nesthäkchen.« Ihr kommen die Tränen, die sie schnell wegwischt. »Ich bin in Hamm aufgewachsen und da kennt man sich, zumindest die alteingesessenen Familien.«

»Hast du sie bei der Obduktion nicht wiedererkannt?«

»Nein. Es ist Jahre her, dass ich sie das letzte Mal gesehen habe.« Der Schock ist ihr immer noch deutlich anzusehen.

»Soll ich alleine hinfahren?«, fragt Clemens behutsam.

»Nein, das kommt nicht in Frage. Wenn schon eine schlimme Nachricht, dann doch besser von jemandem, der einem vertraut ist.« Ihre Stimme klingt fast schon wieder entschlossen.

Clemens unterbricht die bedrückende Stille. »Gibt es sonst noch etwas?«

Als sich niemand zu Wort meldet, bittet er Steinbeißer, sich mit den Kollegen weiter auszutauschen, um sich mit dem ersten Fall vertraut zu machen und eine mögliche Vorgehensweise zu erarbeiten.

»Und wir besprechen schnell in meinem Büro, wie wir der Presse gegenübertreten«, schlägt er Pia Cremer und Jochen Mönnekes vor.

15.

Freitag später Nachmittag Hamm. Clemens und Maria verlassen das Backsteinhaus der Familie Bäumler, das an der Fährstraße mit direktem Blick auf den Rhein liegt. Clemens steckt sich eine Zigarette an und betrachtet seine Kollegin aufmerksam. Die letzten Stunden sind für beide schwer gewesen. Zuerst klingelten sie bei der früheren Schulfreundin von Maria, die mit ihrem Mann und zwei kleinen Jungen im Haus neben den Eltern wohnt. Nachdem sich die Schwester der Toten etwas gefasst hatte, sind sie gemeinsam in das Nachbarhaus gegangen. Wie hatten sich die Eltern gefreut, Maria zu sehen, und glaubten, mit dem Überraschungsbesuch wolle sie ihnen ihren Zukünftigen vorstellen. Aus der Freude wurde pures Entsetzen und Verzweiflung. Die Tochter blieb zusammen mit Maria bei der Mutter und Clemens begleitete den Vater in die Rechtsmedizin.

»Willst du noch einmal reingehen?«

»Ja, ich glaube, es tut ihnen gut, mit einer Außenstehenden reden zu können.«

»Du gehörst doch fast zur Familie.«

»Genau, die Betonung liegt auf fast. Vielleicht ist es gerade das, was hilft. Weißt du, hier in Hamm kennt jeder jeden und der Zusammenhalt ist sehr groß. Viele Familien sind untereinander verwandt, alles ehemalige oder noch aktive Kappesburen.«

Clemens lächelt. Nicht grundlos wird dieser alte, immer noch ländliche Stadtteil Düsseldorfs oft als Kappes-Hamm bezeichnet. Früher versorgten die Kohlbauern ganz Düsseldorf mit Kohl, Gemüse und Spargel. Mittlerweile ist die Landwirtschaft auch hier auf dem Rückzug und immer mehr handwerkliche Betriebe siedeln sich an.

»Nimmst du dir nachher ein Taxi?«

Maria blickt über die Auen in Richtung Rhein und nickt.

»Soll ich heute Abend zu dir kommen?«

»Nein, danke, ich glaube, ich will später allein sein.« Sie berührt Clemens sanft an der Schulter.

Vorsichtig fragt er nach: »Was hast du bis jetzt erfahren?«

Maria dreht ihren großen Silberring. »Mittwochabend war Julia im EnVogue zum Tanzen und wollte anschließend bei einer guten Freundin übernachten, die nicht weit davon entfernt wohnt. Sie hat sich einige Tage freigenommen und die Eltern gingen davon aus, dass die beiden Freundinnen die Zeit gemeinsam verbringen wollten.«

»Also wieder im EnVogue am Güterbahnhof?«

»Ja, da kann man die jungen Frauen wohl am besten abgreifen«, kommt es zynisch von Maria.

»Wohnt sie denn noch zu Hause?«

»Sie war in der Ausbildung. Eine eigene Wohnung hätte sie sich erst danach leisten können. Aber Julia war immer schon umtriebig, sodass ein Wegbleiben über Nacht oder einen weiteren Tag niemanden beunruhigte.«

»Aber dass sie ihr Handy zu Hause gelassen hat und nicht zurückgekommen ist, um es zu holen, ist schon komisch«, überlegt Clemens.

»Würde man bei den jungen Leuten heutzutage annehmen, da die ohne Handy gar nicht mehr leben können. Aber Julia war auch ein ziemlicher Schussel, die hat öfter etwas vergessen.«

»Gut, dann versuche noch einiges über Julia zu erfahren. Mit wem sie so zusammen war. Kannst du auch die Befragung der Freundin übernehmen? Ich fahre zurück ins Präsidium.«

Die beiden umarmen sich. Eine Geste, die nur selten zwischen ihnen geschieht.

Hod steht in der einbrechenden Dämmerung und starrt auf den Bühneneingang. Er fröstelt vor Erregung. Endlich hat er seine Gefährtin gefunden. Bald wird sein Haus bewohnt sein.

»Hallo, Alexander, hast du Zeit für mich heute Abend?«

Alexander Langenberg kennt seinen Freund gut genug, um schon nach wenigen Worten herauszuhören, dass Clemens bedrückt ist.

»Ich bin eigentlich verabredet, aber du hörst dich nach einem Notfall an.«

»Kann man so sagen. Ich brauche dringend deine Einschätzung und deine moralische Unterstützung.«

»Die Tote vom Rheinufer.«

»Ja, aber wir haben noch eine. Hörst du keine Nachrichten?«

»Hatte heute einen Patienten nach dem anderen.«

»Also, was ist jetzt?«

Wenn sein Freund gereizt und ungeduldig reagiert, ist das für den Psychologen ein sicheres Zeichen, dass er gebraucht wird. Denn Clemens hat sich meist gut unter Kontrolle und verbale Ausrutscher hasst er zutiefst.

»In einer halben Stunde kann ich im Douro[2] auf der Rossstraße sein. Ich möchte vorher noch telefonieren, kann ja schlecht meine Traumfrau im Regen stehen lassen.«

»Eine Neuentdeckung von dir?«

»Was jetzt, die Frau oder das Restaurant?«

»Das Restaurant natürlich, bei deinen Frauen habe ich schon lange den Überblick verloren.« Dass Clemens sich diese Bemerkung nicht verkneifen kann, ist für Alexander ein Indiz, das es seinem Freund schon besser geht.

»Ja. Wird dir gefallen. Da können wir auch ungestört reden.«

Clemens legt den Hörer auf. Es ist immer wieder erstaunlich, welche beruhigende Wirkung von Alexander ausgeht. Die bei-

2 Das Restaurant ist Sommer 2014 umgezogen und heißt jetzt *Rio Douro*.

den sind alte Schulfreunde und Clemens tauscht sich oft bei heiklen und komplizierten Fällen mit ihm aus. Der Psychologe hat ebenso wie Clemens eine Zusatzausbildung als Profiler gemacht und wird oft von der Düsseldorfer Staatsanwaltschaft für Gutachten herangezogen.

Der Hauptkommissar zieht sich den Mantel über, löscht das Licht in seinem Büro, lässt den Paternoster links liegen, rennt die Treppe des Präsidiums herunter, steigt eilig in seinen alten Porsche und fährt nach Derendorf. In der Nähe des Restaurants findet er auch gleich einen Parkplatz, ein Glücksfall, denn in der Bankstraße sind freie Lücken eine Seltenheit.

Das gepflegte portugiesische Restaurant macht einen guten Eindruck. Kaum ist er eingetreten, wird er sogleich von einer ausnehmend sympathischen Bedienung begrüßt. Sogar der Koch kommt mit einem freundlichen »Hallo« aus der Küche.

Alexander ist schon da. »Komm, setz dich. Ich habe uns eine Flasche ›Monsanto Verde‹ bestellt.«

Clemens gießt sich erst einmal ein Glas mit stillem Wasser ein und leert es in einem Zug. »Das war heute ein Tag. Ich glaube, da war keine ruhige Minute dabei, um sich zu besinnen.«

Alexander füllt Clemens' Weinglas und beobachtet, wie dieser den ersten Schluck genüsslich im Mund kreisen lässt.

»Ausgezeichnet.«

»Von dem Essen wirst du auch begeistert sein.«

»Was empfiehlst du?«

»Die Empfehlungen überlassen wir besser dem Chef des Hauses. Da kommt er schon.«

Antonio begrüßt sie mit einem kräftigen Händedruck. »Zwei Spezialitäten kann ich Ihnen heute anbieten, die nicht auf der Karte stehen: ›Bacalhau à Antonio‹«, er lächelt verschmitzt, »Stockfisch nach eigener Kreation, oder ›Filetes de Borrego assado‹, geschmortes Lammfilet, ein Rezept aus dem Fundus meiner Mutter, und natürlich ›Sardinhas grelhadas‹.«

»Hört sich alles prima an. Ich nehme das Lammfilet«, entscheidet sich Alexander spontan.

Clemens ist noch unschlüssig. »Vielleicht erst einmal eine Kleinigkeit.« Er blickt in die fröhlichen Augen des Chefkochs.

»Dann empfehle ich Ihnen die Sardinen mit einem knackigen Salat«, kommt es aufmunternd von Antonio.

»Prima, die nehme ich.«

»Nicht mehr? Das reicht dir doch nicht.«

»Ehrlich gesagt, hat es mir heute den Appetit verschlagen.«

Alexander schaut besorgt. Das hat er noch nicht häufig erlebt, dass sein Freund mal keinen Appetit verspürt.

»Du kannst ja nachher noch etwas bestellen.«

»Die zweite Tote ist die Schwester einer Schulfreundin von Maria.«

»Oh, nein. Wie geht es Maria?«

»Mies. Sie ist immer noch bei den Eltern ihrer Freundin. Hoffentlich steht sie das durch. Es ist nicht gut, wenn man bei Ermittlungen persönlich involviert ist. Aber ich kann sie ja schlecht beurlauben.«

»So wie ich Maria einschätze, schafft sie das. Mach dir da keine zu großen Sorgen.«

Ohne auf das von Alexander Gesagte einzugehen, bittet Clemens: »Ich würde ganz gerne schon mal berichten.«

Alexander zieht eine Augenbraue hoch, denn so ungeduldig kennt er seinen Freund sonst nicht. »Gut, dann fang mal an.«

Clemens nimmt einen zweiten Schluck Wein und schildert die Ereignisse der letzten Tage: die zwei toten Frauen, die deutlichen Übereinstimmungen der Morde, die gravierenden Verletzungen der zweiten Toten und die unterschiedlichen Zeiten der Gefangennahme.

Alexander macht sich Notizen. Kaum ist Clemens fertig, wird das Essen serviert. Während der Hauptkommissar seine Sardinen mit den Händen isst und der Psychologe seine Lammstücke in die Soße tunkt, hängen sie ihren Gedanken nach. Nachdem der erste Hunger gestillt ist, reden sie übers Essen.

»Kann es sein, dass in den letzten Jahren die Gastronomie in Düsseldorf immer besser wird?«

Alexander nickt. »Ja, den Eindruck habe ich auch. Obwohl man hier immer schon recht gut essen konnte.«

»Na ja. Darf ich dich an den einen oder anderen Reinfall erinnern? Und an die typische Düsseldorfer Heuschreckenplage?« Alexander weiß ganz genau, was sein Freund meint, doch er stellt sich unwissend, um ihm die Gelegenheit zu geben, zu plaudern und sich zu entspannen.

»Kaum hat sich ein Restaurant einen Namen gemacht, fallen die Düsseldorfer zu Hunderten dort ein. Meist wird das Essen dann schlechter. Aber auch wenn nicht, ziehen sie sofort wieder ab, sobald ein anderes Restaurant als hip gilt. Das Phänomen gibt es in keiner anderen deutschen Stadt.«

»Ich glaube, das gibt es auch in Köln«, wirft Alexander ein. »Probier mal das Lamm«, fordert er seinen Freund auf.

Clemens greift sich die Gabel, pickt das vorletzte Lammstück auf, lässt es in der Soße kreisen und schiebt es sich in den Mund.

»Ausgezeichnet. Die Soße ist eine Wucht«, kommentiert er.

Und ehe sein Freund reagieren kann, hat er mit einem Stück Baguette noch mehr Soße ergattert.

Alexander lacht. »Ja, Soßen sind Antonios Spezialität. Willst du dir nicht doch noch etwas bestellen?«

»Nein, vielleicht später.« Clemens blickt Alexander erwartungsvoll an. Dieser bittet die Bedienung um einen Espresso.

»So, dann wollen wir mal. Zu welchen Rückschlüssen bist du bisher gekommen?«

»In beiden Fällen haben wir es mit demselben Täter zu tun. Er ist männlich und gehört sehr wahrscheinlich der Altersgruppe zwischen Ende zwanzig bis circa 45 Jahre an.«

»Wie kommst du darauf? Gehst du von der statistischen Wahrscheinlichkeit aus?«

»Ja und nein. Beide Opfer waren Anfang Zwanzig und der gleiche Typ Frau. Der Mörder hat seine Opfer entführt, gequält, ermordet, sexuelle Handlungen an ihnen vorgenommen, sie aber nicht penetriert, und ihre Leichen dann sehr kunstvoll präsentiert. Die Fundorte zeigen keine Hinweise darauf, dass er in Eile gehandelt hat. Er hat vielmehr alles genauestens und kaltblütig geplant. Ich halte ihn für überaus abgebrüht, und das traue ich einem Jüngeren nicht zu.«

»Wie ist deine Einschätzung? Wurden die Frauen gezielt

ausgesucht oder hatten sie einfach nur Pech, indem sie zur falschen Zeit am falschen Ort waren?«

»Auch hier wieder ja und nein. Sie wurden gezielt ausgesucht, aber auch nur deshalb, weil sie sich an einem bestimmten Ort befanden. Beide Frauen sind nach einem Besuch im EnVogue verschwunden.«

»Und wo liegen die Übereinstimmungen in der Opferpersönlichkeit?«

»Über das zweite Opfer weiß ich noch nicht viel. Da wird mir Maria morgen einiges erzählen können. Aber fest steht, sie sind beide für ihr Alter recht klein, sehr grazil und sie gingen gerne tanzen. Gekannt haben sie sich nicht. Die eine hat an der Uni Düsseldorf studiert. Die andere hat eine Ausbildung zur Bäckereifachverkäuferin gemacht.«

»Also schließt du eine Beziehungstat aus.«

»Auf jeden Fall. Denn obwohl die Verletzungen der Frauen nicht unerheblich waren, kann nicht von einer eruptiven Gewalt gesprochen werden, wie es für Beziehungstaten typisch ist.«

»Aber eine Steigerung der Gewalt habt ihr feststellen können?«

»Ja. Beide haben Bisswunden an den Genitalien und Oberschenkeln. Beim zweiten Opfer sind sie massiver. Die eine wurde erstickt, die andere erdrosselt. Damit wurde der Körper der Toten stärker verunstaltet. Und noch etwas gibt mir zu denken: Die erste Frau hatte der Täter rund drei Tage in seiner Gewalt, die zweite gerade einmal etwas über einen Tag.«

Alexander spielt nachdenklich mit seinem Bleistift. »Nur eine Vermutung, die sich mir aufdrängt.« Bedächtig wählt der Psychologe seine Worte. »Er sucht etwas. Er entführt die Frauen nicht, um sie umzubringen. Es scheint mir so, als wenn er sie auswählt, dann aber erkennen muss, dass sie seinen Ansprüchen nicht genügen. Dann entlässt er sie wieder auf seine Art.«

»Wie kommst du darauf?«

»Tötungshandlungen und Entführungen haben ganz andere psychische Wurzeln. Kommt es nach der Entführung zum Mord, kann es unterschiedliche Gründe dafür geben, meistens handelt es sich aber um einen Deckungsmord. Aber nicht bei deinem Fall.«

Clemens unterbricht seinen Freund. »Ich bitte dich, das hier ist keine klassische Entführung, keine finanziellen Forderungen und nach kurzer Zeit die zweite ›entführte‹ Frau.«

»Da hast du vollkommen Recht. Aber lass mich ausreden. Die Entführung ist nicht motiviert, etwas von Dritten zu erzwingen, wie es sonst der Fall ist. Er will vielmehr etwas von den Gefangenen. Die Verletzungen interpretiere ich als Resultat einer sexuell-sadistisch motivierten Aggression. Ist er enttäuscht oder entsprechen die Frauen nicht dem Bild, das er sich von ihnen gemacht hat, muss er sein Selbstwertgefühl wiederherstellen: Das Ausgeliefertsein und die Todesangst des Opfers geben ihm Macht und das erregt ihn. Die Ejakulation auf den Körper der jungen Frauen, ohne dass es zum Geschlechtsakt gekommen ist, passt dazu. Er liebt und hasst zugleich.«

»Aber diese fast liebevolle Präsentation ist doch kein Undoing?«

»Nein, eine emotionale Wiedergutmachung ist es nicht. Er bereut nichts, aber er erweist ihnen trotzdem eine letzte Ehre: Der Körper, der nicht von Kleidung bedeckt ist, scheint unversehrt, das Tattoo ist auch eine Art Schmuck und die rote Rose schon fast eine Liebesbezeugung, ganz zu schweigen von der Präsentation der Toten.«

»Beim zweiten Opfer stimmt das nicht mehr. So eine Strangulierung hinterlässt eine unschöne horizontale Drosselfurche.«

»Die aber mit Make-up abgedeckt war!«

»Ja. Stimmt auch wieder.«

»Die Zunahme von Gewalt könnte eventuell eine Reaktion auf das Verhalten der jeweiligen Frau sein.«

»Wie meinst du das?«

»Je mehr sie sich wehrt, je mehr sie ihn ablehnt, desto brutaler wird er. Oder umgekehrt: Je verängstigter sie ist, desto aggressiver wird er.«

»Interessanter Aspekt. Da reichen meine Informationen über die Persönlichkeiten der beiden jungen Frauen noch nicht aus. Ich befürchte nur, dass die nächste noch schlimmer zugerichtet sein wird.«

»Das muss nicht sein.« Alexander betrachtet seinen Bleistift. »Es kommt ganz darauf an, wie die jungen Frauen sich verhalten, wie die Situation ist, wie die Persönlichkeiten und Lebenserfahrungen von Täter und Opfer sich darstellen. Wenn meine Annahme stimmt und er ist auf der Suche nach der idealen Frau, kann jeder weitere Fehlschlag ihn aggressiver machen.«

»Also doch!«

»Kann, muss nicht!« Alexander schaut kurz in seine Notizen. »Beide Fundorte liegen in Benrath. Da scheint er sich auszukennen. Möglich, dass er nicht weit entfernt wohnt.«

Kaum hat Clemens sein Appartement betreten und die Lampe an seinem Sekretär eingeschaltet, vibriert sein Handy, das er im Restaurant auf lautlos gestellt hatte.

»Christian, so spät? Was gibt es?«

»Nichts, leider. Seit Stunden versuche ich den Tattoo-Lehrer, er heißt übrigens Richard Moody, in London zu erreichen. Ich habe nur seine Festnetznummer und die stimmt. Das habe ich überprüft.«

»Mist.« Clemens überlegt kurz. »Ruf doch morgen bei den Kollegen in London an und bitte um Amtshilfe. Vielleicht bekommen die ja raus, wo er steckt. Von der Befragung verspreche ich mir einiges.«

Kaum hat Clemens das Gespräch beendet, meldet sich sein Handy erneut.

»Maria, was ist?«, fragt er beunruhigt.

»Bin gerade zu Hause angekommen und wollte dich nur kurz über die Befragung von Julias Freundin informieren, mit der sie im EnVogue war und bei der sie übernachten wollte.«

Clemens hört Maria konzentriert zu.

Maria schildert die Freundin als oberflächlich und dumm. Clemens horcht erstaunt auf. Er hat seine Kollegin selten so aufgebracht erlebt und noch nie so abfällig über einen Menschen reden hören.

Julia war auf einmal nicht mehr da, ihre Freundin habe aber auch nicht nach ihr gesucht, sondern sei mit ihrer neuen Flamme nach Hause gegangen. »Die hat sich überhaupt keine Gedanken gemacht. Das Verschwinden von Julia ist ihr erst kurz vor Schließung der Disco aufgefallen und ein One-Night-Stand war ihr wichtiger als ihre Freundin.«

»Ist ihr etwas aufgefallen an dem Abend?«

»Ja, der junge Mann, mit dem sie sich die ganze Zeit amüsiert hat«, kommt es sarkastisch von Maria.

»Hast du die Personalien von dem Mann?«

»Nur seinen Namen, aber immerhin, den wusste sie. Morgen versuche ich, den Mann ausfindig zu machen.«

»Und mehr war nicht aus ihr herauszubekommen?«, fragt Clemens ungläubig.

»Zumindest nichts Ermittlungsrelevantes. Normalerweise haben sich die beiden Freundinnen immer zu kleinen Verschnaufpausen, also zu zweit oder im Beisein mit dem jeweiligen Tanzpartner, an der Bar getroffen und etwas getrunken. Aber diesmal hatte sie nur Augen für ihre neue Eroberung. Und Julia war wohl auch gut beschäftigt, sonst hätte sie sich bemerkbar gemacht, meinte sie.«

»Sie hat Julia den ganzen Abend nicht gesehen?« Clemens kann es nicht fassen.

»Zwei-, dreimal auf der Tanzfläche, immer mit einem anderen Typen, aber dann nicht mehr.«

»Und wann ist ihr Julia das letzte Mal aufgefallen?«

»Das konnte sie nicht sagen«, kommt es verächtlich von Maria. »Vielleicht gegen Mitternacht, aber das ist nur grob geschätzt.«

»Komm, versuch dich zu beruhigen, das bringt doch nichts.«

»Ich will mich aber nicht beruhigen. Ich bin so wütend, ich kann dir gar nicht sagen, wie sehr. Mich macht diese Verantwortungslosigkeit völlig fertig. Wir reden hier von Frauen um die Zwanzig und nicht von Kleinkindern.« Maria schnaubt einmal kräftig aus. »Ich mach mir jetzt ein Bier auf, vielleicht komme ich dann etwas runter.« Und schon hat sie aufgelegt.

Clemens' Müdigkeit ist wie weggeblasen. Mit einem Glas

Grauburgunder und einer Zigarette setzt er sich an seinen alten Sekretär und schlägt sein Notizbuch auf.

16.

Samstagmorgen Hafen. Ein quietschendes Geräusch, das sich in kurzen Abständen wiederholt, passt nicht zur Situation. Clemens und Pia Cremer sitzen sich bei einem Glas Rotwein im *Güzel* an einem kleinen Tisch gegenüber. Sie unterhalten sich angeregt und er hat den Eindruck, die Oberstaatsanwältin schaut ihn verliebt an. Seine anfängliche Anspannung ist wie weggeblasen, denn Pia scheint das kleine türkische Restaurant gleich um die Ecke vom Polizeipräsidium zu gefallen.

›Sie war beeindruckt, dass mich die Besitzerin so herzlich begrüßt hat‹, glaubt Clemens. Gerade als die Bedienung den gemischten Vorspeisenteller bringt, der hier immer ausgezeichnet ist, hört er wieder das quietschende Geräusch.

Er fährt hoch, blickt sich um und erkennt in der morgendlichen Dämmerung sein Schlafzimmer. Das Quietschen hat mittlerweile aufgehört. Aus seinem alten Fax sind zwei Blätter auf den Boden gefallen. Clemens angelt nach dem Wecker. Noch ist Zeit. Wenn sich die Ereignisse bei den Ermittlungen nicht überschlagen, trifft sich das Team am Samstag und Sonntag erst um neun Uhr im Präsidium. Besonders für die Kollegen, die in einer Beziehung leben oder kleine Kinder haben, ist dies die einzige Möglichkeit, in Ruhe mit der Familie zu frühstücken. Nach einer heißen, ausführlichen Dusche, noch mit dem Handtuch um die Hüften, öffnet Clemens die Türen seines Kleiderschranks, der in einem vom Wohnzimmer abgetrennten Alkoven steht. Er greift nach einem dunkelblauen Anzug aus feiner Wolle, dazu ein mittelblaues Hemd mit Haifischkragen. Kurz hält er vor der Stange mit seinen Krawatten inne. Dann wählt er eine blau-schwarze aus. Kaum ist er angezogen, sammelt er die Papiere vom Boden auf, zieht seinen Mantel über, wickelt sich den Schal um den Hals und eilt zu seinem Büdchen, gleich gegenüber auf der Hammerstraße. Hier beginnt er oft seinen Arbeitstag mit einem köstlichen Milchkaffee, den er trotz seiner neuen, teuren Espressomaschine nicht so optimal hinbekommt, und butterweichen Croissants.

Nachdem er mit herzlichem »Tach auch« von Olli begrüßt wurde, stellt er sich an einen der Stehtische mit Blick auf die Hammerstraße. Um diese Uhrzeit ist samstags nichts los. Genüsslich beißt er in sein Croissant, das er zuvor mit Butter bestrichen hat, und schaut die Seiten des Fax durch. »Verdammt, nicht auch das noch!«

»Was ist passiert?«

»Mein Vermieter hat mir das Appartement gekündigt.«

»Einfach so?«, fragt Olli ungläubig zurück.

»Wegen Eigenbedarf.« Clemens fährt sich mit der Hand durch seine Locken.

»Kannst du mit dem nicht reden?«

»Schon, eigentlich ist der ganz in Ordnung.« Er überlegt kurz. »Aber das wird nicht viel bringen. Er hat mir schon vor einem Jahr gesagt, dass sein Sohn plant, in Düsseldorf zu studieren, und dann das Appartement braucht. Und auf eine juristische Auseinandersetzung habe ich nun wirklich weder Zeit noch Lust.«

»Das würde ich mir aber trotzdem nicht gefallen lassen«, kontert der Mittfünfziger mit dem riesigen Schnurrbart. Clemens lächelt. Er kennt den kugelrunden Büdchenbesitzer als eine Seele von Mensch, der sich regelmäßig zum Monatsende von seinen weniger finanzstarken Stammkunden zum Anschreiben überreden lässt. Denn selbst im exklusiven Hafen gibt es noch Straßenzüge mit unsanierten Häusern, deren Bewohner Hartz IV beziehen oder auf Grundsicherung angewiesen sind. Clemens nimmt einen letzten Schluck Milchkaffee, bittet Olli, sich mal umzuhören, wer im Hafen ein Appartement oder eine kleine Zweizimmerwohnung zu vermieten hat, bezahlt und geht schnellen Schrittes zum Polizeipräsidium.

Kaum hat er den Pförtner passiert und das großzügige Treppenhaus betreten, kommt Pia Cremer schwungvoll die Treppe hinunter. Er grüßt sie freundlich. Doch sie rennt an ihm vorbei, winkt ihm nur kurz zu, hält noch ihre Hand ans Ohr, als Aufforderung, sie nachher anzurufen, und ist schon hinter der Glastür Richtung Ausgang verschwunden. Clemens ist froh, dass diese Begegnung nur Sekunden gedauert hat, denn er hat das Gefühl, rot wie ein Sextaner geworden zu sein. Er befreit sich von seinem Schal, nimmt gleich mehrere Stufen auf einmal hinauf in den zweiten Stock und steuert sofort Hendriks Büro an.

»Schön, dass ihr alle schon da seid«, begrüßt er seine Kollegen, die sich wie jeden Morgen zum Dienstbeginn bei Flemming treffen. »Was gibt es Neues?«, ist seine erste Frage. »Sonja, habt ihr die Phantombilder nachgebessert?«

»Ja, aber viel mehr haben wir nicht erreicht.«

»Zeig mal her«, bittet Clemens.

»Stimmt. Die bringen uns immer noch nicht weiter.« Er wendet sich an Steinbeißer. »Was habt ihr gestern noch besprochen, wie machen wir weiter?«

»Es gibt genügend Recherchearbeit, da werde ich die Kollegen unterstützen.«

»Was hat die Nachfrage bei den Taxizentralen gebracht?«

»Im fraglichen Zeitraum sind von der Schirmerstraße und von benachbarten Straßen fünf Fahrten weggegangen. Alle sind vom Festnetz aus umliegenden Wohnungen bestellt worden. Keine Fahrt ging zur Wohnung von Daniel Vetter oder zumindest in dessen Nähe«, berichtet Sonja.

»Habt ihr schon mit den Taxifahrern gesprochen?«

»Wir haben noch nicht alle erreicht, bleiben aber dran.«

Ein akustisches Signal ertönt. Hendrik schaut sofort auf den Bildschirm.

»Endlich, die Funkzellenauswertung ist gekommen.«

Alle drängeln sich um ihn und versuchen, einen Blick auf den Bildschirm zu ergattern.

»Mensch, rückt mir nicht so auf die Pelle. Ich sag euch ja gleich, was die herausgefunden haben«, ertönt es leicht genervt.

Die Anspannung des Teams ist spürbar. Steinbeißer zieht an seinem Ohrläppchen, Florian fasst sich an die Nase, Maria spielt mit ihrem großen Silberring und Clemens beugt sich so weit über Flemming, dass er ihm fast die Sicht auf den Bildschirm nimmt.

»Also, das Handy von Natalie Zimmermann hat sich am Freitag um halb neun abends in der Nähe vom Wehrhahn angemeldet, dann erneut am Samstag um 0.15 Uhr in der Gegend Reisholz/Holthausen/Benrath. Danach gab es keine weitere Bewegung. Erst am Dienstag um vierzehn Uhr ist der Funkkontakt abgebrochen.«

»Wenn wir davon ausgehen, dass Natalie Zimmermann ihr Handy weiterhin bei sich hatte, muss sie im Düsseldorfer Süden gefangen gehalten worden sein. Eine Stunde, bevor wir Lara Lüttge aufgesucht haben, war das Handy noch eingeschaltet, dann nicht mehr. Das passt und bedeutet, der Mörder hat das Handy ausgeschaltet und muss sich im Süden von Düsseldorf aufhalten. Entweder er wohnt dort oder er hat dort Räumlichkeiten, in denen die jungen Frauen eingesperrt waren.«

Clemens überlegt kurz. »Rainer, du bleibst mit Hendrik am Thema Düsseldorfer Süden. Sonja, du fragst noch mal bei der Taxizentrale gezielt nach Fahrten Richtung Reisholz, Holthausen und Benrath. Und das ebenfalls für den vergangenen Mittwoch, denn Julia Bäumler war auch im EnVogue zum Tanzen und ist dann verschwunden. Die Entführung der beiden Frauen kann nach dem gleichen Schema abgelaufen sein. Nur kennen wir das leider noch nicht.«

»Und was ist, wenn er mit dem Auto vor dem EnVogue vorgefahren ist? Die toten Frauen hat er ja allem Anschein nach auch mit einem PKW transportiert«, wirft Steinbeißer ein.

»Das kann gut sein, bloß bringen uns bei den vagen Hinweisen Befragungen zum jetzigen Zeitpunkt gar nichts.«

»Hm, stimmt.«

Clemens hält inne. »Habt ihr die Protokolle der Befragungen im Umfeld von Natalie Zimmermann schon fertig?«

Sonja und Florian bejahen.

»Gut, die brauche ich. Maria und ich machen uns jetzt ein Bild von den Persönlichkeiten der Opfer. Ich glaube, so können wir zu einer besseren Einschätzung unseres Täters gelangen.«

Clemens und Maria ziehen sich in eines der kleinen Besprechungszimmer zurück.

»Wie geht es dir?«, fragt Clemens sofort, nachdem er die Tür geschlossen hat.

»Nicht besonders, aber besser als gestern Abend. Das hat mich schon ziemlich mitgenommen.«

»Willst du dir ein paar Tage frei nehmen?«

»Kommt gar nicht in Frage. So kann ich wenigstens etwas tun. Jetzt zu Hause herumzusitzen ist bestimmt die schlechteste Lösung.«

Clemens nickt und schlägt sein Notizbuch auf.

Nach zwei Stunden betritt Steinbeißer mit einer Thermoskanne, Kaffeebechern und belegten Brötchen auf einem Tablett den kleinen Besprechungsraum. »Kommt ihr voran?«

»Ja, es ist schon von Vorteil, dass Maria das zweite Opfer kannte.«

»Ich habe euch eine Stärkung mitgebracht.«

»Vielen Dank, Rainer, mir ist schon ganz flau im Magen.« Clemens greift nach einem Mettbrötchen mit Zwiebeln.

»Also«, beginnt er, stockt, wischt sich den Mund mit der Papierserviette ab und gibt mit der Hand zu verstehen, dass er besser erst einmal zu Ende kauen sollte. Maria grinst und Steinbeißer gießt sich einen Kaffee ein.

»Also, so ähnlich die Frauen vom Typ sind, so unterschiedlich sind sie von ihrer Persönlichkeit. Natalie Zimmermann, die erste Tote, war nach Schilderungen ihrer Freunde und Kommilitonen freundlich, ernsthaft, distanziert, sehr ehrgeizig und, für uns wichtig, in sich gefestigt. Der Begriff souverän ist in den Befragungen öfter gefallen. Auf Nachfrage halten es alle für möglich, dass sie auch in Grenzsituationen besonnen reagiert haben könnte. Ganz anders Julia Bäumler, unsere zweite Tote. Sie war sehr temperamentvoll, ließ nichts anbrennen und definierte sich über ihren Erfolg bei Männern. Sie konnte zuckersüß, aber auch beleidigend sein, das hing ganz davon ab, wie sie glaubte, ihre Ziele am besten zu erreichen. Dabei war sie noch ziemlich unreif und unsicher. Möglich, dass sie weniger besonnen in einer Gefahrensituation reagierte.«

»Worauf willst du hinaus?«

»Ich will herausfinden, was unser Täter sucht, wie diese Frau gestrickt sein muss, um für ihn interessant zu sein. Und dann«, Clemens zögert für einen Augenblick, »frage ich mich, ob der Grad der Gewalt, den die Frauen erleiden mussten, in Zusammenhang steht zu ihrem Verhalten dem Täter gegenüber.«

»Die Steigerung der Gewalt ist aber doch nur marginal«, wirft Steinbeißer ein.

»Noch«, entgegnet Clemens. »Wir sind uns ja wohl einig, dass er weitermachen wird. Kommt es zu einer weiteren Leiche, dann wird sie noch schlimmer zugerichtet sein.«

»Nach unseren Opferprofilen wäre es das Aussehen, grazil, helle Haut, mit einer Leidenschaft fürs Tanzen«, gibt Maria zu bedenken.

»Nein, nicht ganz. Obwohl die eine zurückhaltender und die andere extrovertiert war, haben sie doch eine Gemeinsamkeit. Beide haben es verstanden, auf ihre Weise im Mittelpunkt zu stehen. Alle anderen bemühten sich um sie, nicht nur die jungen Männer, auch die Frauen.«

Clemens wandert in seinem Büro auf und ab. Das Telefonat mit Pia Cremer hat ihm deutlich gemacht, dass sie noch keinen Schritt weitergekommen sind. Kurz entschlossen geht er zu Maria, die an ihrem Schreibtisch sitzt und Berichte durchsieht.

»Komm, lass uns Schoeller einen Besuch abstatten, vielleicht hat er schon neue Erkenntnisse«, schlägt er ihr vor.

»Dann hätte er sich längst gemeldet«, antwortet seine Kollegin wenig erfreut.

»Mag sein, aber im Augenblick trete ich auf der Stelle. Vielleicht kann mir eine winzige Anregung helfen.«

Maria klappt den Schnellhefter mit den bisherigen Befragungsprotokollen zu, erhebt sich und folgt ihm den langen Gang zu den Aufzügen.

Kaum hat Clemens den Knopf für das Kellergeschoss gedrückt, setzt sich der Aufzug ächzend in Gang. Im Gegensatz zu den oberen Stockwerken des Polizeipräsidiums, die alle gleich aufgebaut sind und den Charme vergangener Jahrzehnte verströmen, wirkt das Kellergeschoss wie ein supermoderner Hochsicherheitstrakt. In den ›Katakomben‹, wie die Räume unter den Kollegen genannt werden, ist das KK43 beheimatet. Hier finden sich die Labors und Büros der Spurensicherung und der Kriminaltechnik. Die langen Flure sind mit Überwachungskameras an den Decken ausgestattet, deren kleine rote Birnen immer dann aufleuchten, wenn sie einen Besucher ins Visier nehmen. Kein Laut ist zu vernehmen. Selbst die Schritte auf den neu verlegten Granitplatten sind fast nicht zu hören. Der breite, in helles Neonlicht getauchte Gang, von dem unzählige schmalere abgehen, endet an einer großen, weißen Stahltür mit vergittertem Fenster. Clemens gibt seinen Code in die Tastatur ein, bestätigt und tritt einen Schritt zur Seite, damit auch Maria ihre Zahlenkombination eingeben kann. Wie von Geisterhand öffnet sich nun die schwere Tür, langsam und lautlos. Kaum haben sie das Reich von Armin Schoeller betreten, sehen sie hinter den hohen Glaswänden, die die Labors und Büros voneinander trennen, farbig blinkende Hightech-Apparaturen, die seltsame Geräusche machen und von den Mitarbeitern der Kriminaltechnik mit immer neuen Informationen gefüttert werden. Wie bei jedem Besuch sind Clemens und Maria auch diesmal wieder über die eigentümliche Atmosphäre, die hier herrscht, erstaunt. Während sie den Weg zu Schoellers Büro zurücklegen, blicken sie sich immer wieder fasziniert um.

Der Leiter der Kriminaltechnik steht mitten in einem großen Raum, die Tür steht weit auf. Der kleine, schlanke Mann betrachtet eine Vielzahl von Fotos, die ordentlich über mehrere große Stahltische verteilt sind, und streicht sich über seinen Dreitagebart.

Mit den Worten »Gibt es was Neues?« wird er von Clemens aufgeschreckt. Er dreht sich abrupt zu seinem Besuch um. »Dass ihr euch immer so anschleichen müsst.« Dann winkt er sie herein und zeigt auf diverse Fotos von Reifenprofilen und einen dazugehörigen Gipsabdruck. »Bei dem Wagen, der am Tatort am Benrather Schloss abgestellt wurde, handelt es sich um einen unteren Mittelklassewagen. Die Reifenprofile bestätigen das. Sowohl der Abstand der Reifen zueinander, der auf die Achsenaufhängung schließen lässt, als auch die Schwere des Fahrzeugs, wenn man vom Normalgewicht ausgeht und keine extreme Zuladung annimmt, könnte für einen Golf oder einen 1er BMW sprechen.« Nach einer kurzen Pause fügt er hinzu: »Viel mehr kann ich dazu nicht sagen.«

»Und sonst?«, fragt Maria.

»Die Analyse der Jeansfasern hat ergeben, dass der mutmaßliche Täter bei beiden Fundorten dieselbe Wrangler Texas Stretch Darkstone, also eine schwarz-blaue Jeans, getragen hat. Zudem muss er mit einem weißen Blouson oder etwas Ähnlichem bekleidet gewesen sein, das aus mittelstarken Baumwollfasern gewebt ist, also kein dickes Sweatshirt.«

Clemens schaut in Schoellers übermüdete Augen, der daraufhin mit den Schultern zuckt. »Mehr habe ich nicht. Aber eins kann ich dir sagen. Dass es der gleiche Täter ist, steht auch aus kriminaltechnischer Sicht außer Zweifel.«

»Ja. Auch Dr. Hummel hat die Sperma- und DNA-Spuren eindeutig als identisch ausgewiesen.«

»Tut mir leid, dass ich euch nicht mehr bieten kann.«

»Wenn wir ihn haben, kriegt ihn auch der beste Verteidiger nicht mehr aus den Fängen des Gerichts, bei einer so lückenlosen Beweislage. Auch wenn er diese Taten niemals gestehen sollte«, spricht Clemens sich selbst Mut zu.

»Aber erst einmal müssen wir ihn finden.« Maria wendet sich ab und geht zügig zurück zur Stahltür. Normalerweise ist das Eingeben der Codes auf dem Rückweg der Moment, bei dem Maria vom Hochsicherheitstrakt spricht. Clemens' Antwort ist stets die gleiche: »Nur wegen dir. Nur so können sie sicher sein, dass du nicht wieder an den Apparaten herumspielst.« Doch heute bleiben beide stumm.

17.

Samstag früher Abend Polizeipräsidium. Das Büro ist dunkel, nur die kleine Lampe wirft ihren Lichtkegel auf den Schreibtisch. Clemens von Bühlow steht am Fenster, sieht hinaus und massiert sich die Schläfen. Als das Deckenlicht aufflackert, fährt er herum.

»Entschuldige, ich wollte dich nicht erschrecken.«

»Ach, Maria. Ist schon gut, ich habe geträumt.«

»Du siehst schlecht aus.«

»Der wenige Schlaf in den letzten Tagen, und bis auf die Brötchen habe ich heute nichts gegessen.« Clemens schaut Maria an. »Dir sieht man die Anstrengungen kaum an.«

»Wenigstens bekomme ich etwas zu essen.«

»Sag bloß, du stattest dem *Park-Grill* jeden Abend einen Besuch ab?«

»Ja, obwohl mir die Bratwurst mit Pommes langsam aus den Ohren rauskommt.«

»Solltest mal das Gyros dort probieren, das ist das Beste weit und breit.«

Maria lacht. »Apropos, wollen wir nicht irgendwo noch etwas zusammen essen gehen?«

»Wäre vielleicht ganz vernünftig, obwohl mir der bisherige Ermittlungsstand den Appetit gründlich verdorben hat. Wir haben unzählige Hinweise, der Täter hat massenhaft Spuren hinterlassen, und trotzdem kommen wir keinen Schritt weiter.«

»Wir haben immer noch die Möglichkeit, eine DNA-Reihenuntersuchung bei den abendlichen Besuchern vom EnVogue durchführen zu lassen. Pia Cremer hat signalisiert, dass sie bereit wäre, das zu beantragen.«

»Ein Riesenaufwand, enorme Kosten, und wenn unser mutmaßlicher Täter keine Lust hat, eine Speichelprobe abzugeben, auch völlig sinnlos.« Clemens reibt sich mit den Fingern über die Stirn, ein untrügliches Zeichen, dass er den Gedanken noch nicht zu Ende gedacht hat.

»Wenn du mit deiner Vermutung richtig liegst, dass er sich uns überlegen fühlt, könnte er doch die Herausforderung annehmen?«, überlegt Maria.

»Der ist nicht dumm, der wird wissen, was eine Speichelprobe bedeutet. Und vor allem ist es nicht diese Art der Herausforderung, die er sucht. Er will uns strategisch, intellektuell herausfordern. Er fühlt sich uns Ermittlern überlegen. Das heißt aber nicht, dass er die kriminaltechnischen Möglichkeiten in Frage stellt.«

»Du willst also noch abwarten? Obwohl wir davon ausgehen müssen, dass er weitermacht?«

»Wenn der Massen-Gentest nichts bringt, dann wird von uns verlangt, den Teilnehmerkreis sukzessive zu erweitern, um den bis dahin entstandenen Aufwand nicht als nutzlos und verloren abhaken zu müssen. Und das wiederum kann uns ganz schnell in eine völlig falsche Richtung laufen lassen.«

»Du willst, dass er einen Fehler macht?«

»Der zweite Mord hat uns gezeigt, er wird brutaler und risikofreudiger.«

»Okay, heute lösen wir den Fall bestimmt nicht mehr. Also doch etwas essen?« Maria versucht es ein zweites Mal.

Clemens' Stimmung hat sich während des Gesprächs sichtlich gebessert. Er schaut auf die Armbanduhr, greift zum Telefon und bestellt ein Taxi. Dann zieht er sich seinen Mantel über, löscht das Licht und geht mit Maria zum Ausgang.

»Wieso ein Taxi?«

»Geht schneller und das Restaurant, das ich dir vorschlagen möchte, liegt verkehrstechnisch von hier aus ungünstig.«

»Vorschlagen ist gut. Wie es aussieht, habe ich gar kein Mitspracherecht.« Maria spielt die Entrüstete.

»Stimmt. Aber es wird dir gefallen.«

»Wo geht es denn hin?«

»Zum *Rodizio Royal*. Das ist ein recht neues brasilianisch-portugiesisches Restaurant im ehemaligen *Haus der Freude* von Manes Meckenstock. Alexander hat es letztens über den grünen Klee gelobt.«

Als sie vor dem Restaurant stehen, betrachtet Clemens verwundert den Namenszug, der sich in großen gelben Lettern über die Hauswand zieht. Von außen wirkt das Restaurant eher wie eine Spielhalle. ›Das muss an der Typografie des Schriftzugs liegen‹, überlegt er. Doch als Clemens den großzügigen Speiseraum betritt, sind seine Bedenken weg. Stilvoll eingerichtet mit schwarzen Lederstühlen und dunklen Tischen, verströmt der Raum sowohl Eleganz als auch Gemütlichkeit. Die Bar, die den Raum seitlich begrenzt, ist in grünes Licht getaucht und lässt ein Gefühl der Geborgenheit aufkommen. Kaum haben sie Platz genommen, angelt sich Clemens ein Journal im Zeitungsformat, das die Speise- und Getränkekarte darstellt und dazu noch einige Zusatzinformationen über die Küche des Hauses bereithält. Nachdem er kurz die Karte überflogen hat, bemerkt er: »Dass ein brasilianisches Restaurant auch portugiesische und spanische Küche anbietet, leuchtet mir ein, aber warum dann noch italienische?«

Maria überhört ihn geflissentlich.

Nachdem sie den ersten Schluck Pils genossen haben, entscheidet sie sich für eine Pizza Royal mit Gorgonzola, Mozzarella, Salami und Champignons. Clemens kann es nicht lassen, ihre Wahl zu kommentieren. »Wir gehen doch nicht zum Brasilianer, damit du Pizza isst.«

»Du hast mich überzeugt. Ich verzichte auf meine Pizza, aber dann verrate mir mal, was typisch brasilianisch ist.«

Clemens dreht sich um und deutet auf einen der Nachbartische, an dem ein Kellner einen riesigen Fleischspieß auf dem Teller des Gastes absetzt und saftige Stücke gekonnt filetiert. »Das dort ist ›Churrasco‹. Dem Gast werden nacheinander verschiedene Spieße kredenzt, die mal mit Lamm, Huhn, Schwein oder Rind bestückt sind und nach einer speziellen Methode auf Holzkohle gegrillt werden, ein typisches Nationalgericht der Brasilianer. Übrigens kann der Gast die Fleischstücke frei wählen. Er braucht nur mit der Gabel die Stelle anzudeuten, von der er ein Stück haben will. Und dann gibt es natürlich auch noch ›Feijoada‹.«

Marias fragender Blick animiert Clemens, fortzufahren. Auch hier sind sie ein eingespieltes Team, das ohne viele Worte auskommt. Maria genießt es, wenn Clemens erzählt, und auch ihm macht es Spaß, sein kulinarisches Wissen weiterzugeben. Und was für Maria besonders wichtig ist: Mit den kulinarischen Exkursen erdet sich Clemens, es lenkt ihn ab, sodass er sich entspannen kann und den Kopf wieder frei bekommt.

»Das ist ein Eintopf mit Bohnen, Reis und Blattgemüse und«, Clemens zögert einen Augenblick, »mit Ohren, Rüssel und Schwanz vom Schwein, ebenso mit den Innereien und der Zunge vom Rind.«

Maria verzieht das Gesicht. »Und das soll schmecken?«

»Ja, ganz ausgezeichnet. Das Rezept stammt aus der Küche der afrikanischen Sklaven, die das verwerteten, was die Herrschaft ihnen überließ. Also wieder einmal ein typisches ›Arme-Leute-Essen‹.«

»Gibt es das hier auch?«

»Bestimmt, aber wahrscheinlich nur auf Vorbestellung. Wir können den Kellner ja gleich mal fragen.«

»Langsam möchte ich etwas essen und nicht nur darüber reden.« Maria hat eindeutig Hunger.

»›Churrasco‹ dürfte für heute Abend zu viel sein, davon kannst du nämlich soviel futtern wie du möchtest. Das machen wir, wenn bei uns wieder etwas Ruhe eingekehrt ist, dann vielleicht mit Alexander zusammen und mit einer erfrischenden ›Caipirinha‹. Heute würde mich das glatt umhauen. Aber was hältst du von einem Meter Tapaboard? Das sind acht Tapas. Das ist mehr als genug.«

Mit Appetit machen sie sich über die Tapas her. Maria greift sich den Serrano-Schinken und einen kleinen Fleischspieß und Clemens puhlt mit den Händen die gebratenen Gambas, wischt sich die Finger an der Serviette ab und tunkt ein Stück Brot in die Soße. Er schaut sich um. Am Tisch nebenan werden ›Pimientos de Patrón‹ serviert, er ist sofort begeistert. Die Schale ist randvoll mit glänzenden, kleinen, grünen Paprikaschoten, darüber ist grobes Salz gestreut.

»Komm, die bestellen wir uns auch.«

Maria möchte diese kulinarische Köstlichkeit probieren, wie sie mit einem Kopfnicken zu verstehen gibt. Während sie auf die in Olivenöl angebratenen Paprikaschoten warten, erzählt Clemens von der Kündigung seines Appartements.

»Muss es denn wieder etwas im Hafen sein?«

»Da fühle ich mich wohl und der Weg zum Polizeipräsidium ist auch nicht weit.«

»Da kannst du auch in Unterbilk oder in der Friedrichstadt etwas suchen«, erwidert Maria.

»Da sind die Mieten ja noch teurer«, seufzt Clemens.

»Teurer als im Hafen? Das kann ich mir nicht vorstellen.«

Auf einmal wird es lebhaft im Restaurant. Clemens beobachtet, wie die Kellner freudig drei ältere Damen willkommen heißen. Auch der Küchenchef eilt herbei und verteilt galante Handküsse.

»Das glaube ich jetzt nicht – Erika Wagner mit ihren Freundinnen«, lacht Clemens los. Er freut sich sichtlich über die zufällige Begegnung, obwohl er es mit den drei Frauen bei seinem letzten Fall nicht einfach hatte. Maria runzelt die Stirn. Sie ahnt, was jetzt auf sie zukommt. Kaum hat sich Clemens erhoben, wird er sofort von Erika Wagner erkannt, die direkt auf ihn zueilt, ihre Freundinnen im Schlepptau.

»Herr Hauptkommissar, das ist aber schön, Sie wiederzusehen.«

»Frau Wagner, Frau Seidlitz, Frau Prochnow, darf ich Sie zu einem Aperitif an unseren Tisch bitten.« Clemens spielt den Charmanten. Dann fällt ihm ein, dass Charlotte Prochnow nur Champagner trinkt. »Was halten Sie von einem Glas Champagner?«

»Wunderbar, endlich mal wieder ein Mann mit Stil«, flirtet Charlotte Prochnow ihn sogleich an. Erika Wagner und Irma Seidlitz hingegen bestehen auf einem Glas Prosecco. Maria und Clemens bleiben beim Pils. Kaum haben alle Platz genommen, werden die Kommissare nur so mit Fragen überschüttet. Was es mit dem Fall mit den ermordeten jungen Frauen in Benrath auf sich hat, ganz schreckliche Geschichte, ob sie weiterkommen. Doch Clemens versteht es geschickt, das Gespräch auf andere Themen zu lenken. So erfahren die beiden Hauptkommissare, dass Erika Wagner eine beträchtliche Erbschaft gemacht hat.

»Hatte ich Ihnen von Mona erzählt?«

»Ist das nicht Ihre Freundin, die mit dem Privatjet aus Rom zu Besuch gekommen ist?«

»Nein, das ist Mia und die weilt Gott sei Dank noch unter uns, leider etwas angeschlagen, aber stabil. Hatte ich Ihnen nicht von Mona berichtet?«

»Ich kann mich leider nicht erinnern.«

Der Ober stellt eine viel größere Portion ›Pimientos‹ auf den Tisch, als Clemens bestellt hat. »Eine Aufmerksamkeit des Hauses.« Und schon ist er wieder verschwunden.

»Wunderbar«, ruft Erika, »die sehen köstlich aus.« Die drei älteren Damen greifen beherzt zu. Nachdem Erika sich zwei der Paprika in den Mund geschoben und die fettigen Finger an der Serviette abgewischt hat, nimmt sie das Gespräch wieder auf.

»Auf jeden Fall war Mona eine enge Freundin von uns und lebte in Düsseldorf. Leider ist sie vor ein paar Wochen von uns gegangen.«

»Oh, das tut mir leid«, versichert Clemens.

»Sie war schwer magenkrank, aber sie hat es sich nicht nehmen lassen und immer noch täglich ihren Champagner getrunken. Natürlich auf Eis.«

»Champagner?«, fragt Clemens ungläubig nach. Er schätzt weder Sekt noch Champagner. Und was das prickelnde Getränk in einem kranken Magen verursacht, will er sich gar nicht erst vorstellen.

Es entsteht eine kurze Pause, bevor Charlotte aufgebracht einwirft: »Warum musste sie bei ihrem Gesundheitszustand und ihrem Alter unbedingt noch eine Wanderung am Fuße des Himalaya machen, frage ich euch?«

»Lass gut sein«, will Erika sie beruhigen. »Wenn es doch ihr sehnlichster Wunsch war.«

»Das war geplanter Selbstmord«, ereifert sich Charlotte, deren dunkle Augen funkeln.

»Ich habe ihr noch gesagt, dass sie lebensmüde sei«, meldet sich Irma zu Wort. Wieder einmal fuchtelt sie mit ihrer Hand, verziert mit unzähligen Ringen, in der Luft herum.

»Irma, wie oft soll ich dir noch sagen ...«, fährt Erika ihre Freundin an.

»Schon gut.« Die Hand verschwindet aus der Gefahrenzone.

»Auf jeden Fall hat sie nicht nur den Tierschutz, sondern auch ihre besten Freundinnen testamentarisch bedacht. Ich besitze jetzt immerhin einige Immobilien in bester Lage.«

Clemens kann sich nur mit größter Mühe zurückhalten. ›Sag jetzt bloß nichts, was du nachher bereust.‹

»Einen kleinen Haken hatte Monas Testament aber doch«, hört Clemens Charlotte Prochnow sagen, die sich fast an ihrem Champagner verschluckt.

Erika Wagner schaut ihre Freundin wütend an. Doch die lässt sich nicht einschüchtern und berichtet weiter: »Um an das Geld und die Immobilien zu kommen, musste Erika Monas Hund und ihre zwei Katzen bei sich aufnehmen.«

»Mögen Sie keine Tiere?«, fragt Maria amüsiert.

»Ich kann Katzen nicht ausstehen und der Hund ist kein richtiger Hund«, kommt es gereizt zurück.

»Was ist denn mit dem Hund?«

»Der Hund ist ein Erdmännchen.«

»Ein was?« Maria kichert.

»Ein Chihuahua«, antwortet die alte Dame verächtlich.

»So, jetzt wollen wir aber etwas bestellen«, unterbricht Irma die Unterhaltung. Clemens ergreift die Gunst der Stunde, um sich gemeinsam mit Maria zu verabschieden.

18.

Sonntagmorgen Hafen. Draußen ist es noch dunkel. Nur vereinzelte Lichtstreifen fallen durch die weißen Baumwollvorhänge, als das Telefon zu läuten beginnt. In den frühen Morgenstunden wirkt das Klingeln eindringlicher und fordernder als sonst. Clemens schreckt hoch und greift nach dem Hörer.

»Von Bühlow.«

»Ja, hier auch.«

»Mutter, ist was passiert?« Augenblicklich ist er hellwach.

»Nein, nein, mach dir keine Sorgen. Vater ist nur in einer misslichen Situation. Er badet.«

Der Wecker zeigt halb sieben. »Um die Uhrzeit?« Schweigen am anderen Ende. »Gut, er badet, aber wo ist das Problem?« Clemens kennt seine Mutter nur zu gut und weiß, dass die agile 81-Jährige bestimmt nicht so früh anrufen würde, wenn alles in Ordnung wäre.

»Ich kriege ihn nicht aus der Wanne.«

»Wie bitte?«

»Du weißt doch, er hat Schwierigkeiten mit seinen Knien.«

»Wo ist Yadwiga?«

»Die macht Frühstück.«

»Kann sie dir nicht helfen?«

»Kommt nicht in Frage, Vater lehnt das ab.«

»Dann zieh ihm was über.«

»Da kennst du ihn aber schlecht. Er würde sich auch im Schlafanzug nicht der Hausangestellten zeigen.«

Clemens seufzt.

»Kannst du nicht kommen? Ich lasse schon die ganze Zeit heißes Wasser nachlaufen, damit er sich nicht erkältet.«

»Ich habe mein Auto am Präsidium stehen. Und mit dem Taxi brauche ich mindestens eine halbe Stunde bis zu euch.« Er überlegt fieberhaft. »Probier es mal so: Wasser ablassen,

Vater den Bademantel überziehen und dann alle Handtücher, die du finden kannst, in die Wanne legen. Ich mache mir jetzt erst einmal einen Kaffee. Wenn der Trick mit den Handtüchern nicht klappt, komme ich. Ruf aber trotzdem an.«

Ziemlich entnervt geht er in die Küche. ›Auf was für Ideen die auch immer kommen. Vielleicht sollte ich das Angebot meiner Mutter annehmen und in das kleine Verwalterhäuschen neben der Villa ziehen.‹

»Nein, das machst du nicht«, redet er sich den Gedanken direkt wieder aus. ›Es hat genügend Kraft gekostet, mich aus den liebevollen Fängen meiner Eltern zu befreien. Meine Schwester hat es ganz geschickt gelöst. Ist mit ihrem Mann und den drei Kindern in ein altes Bauernhaus in Oberbayern gezogen.‹

Es klingelt erneut.

»Wie sieht es aus?«

»Prima. Hat geklappt. Zu irgendetwas muss es ja gut gewesen sein, dass wir dich haben studieren lassen.«

Clemens atmet erleichtert aus. Wenn der Spruch kommt, ist alles im grünen Bereich.

Trotz der morgendlichen Aufregung betritt der Hauptkommissar entspannt gegen neun Uhr das Büro von Hendrik. »Was gibt es Neues?« Die morgendliche Standardfrage. Hendrik greift die Zigarettenschachtel vom Schreibtisch, der übersät ist mit Papieren, und lädt Clemens mit einem Kopfnicken Richtung Balkon ein, draußen eine Zigarette zu rauchen.

»Das war vielleicht mühsam. Bis auf zwei Personen habe ich alle Käufer erreicht, die in den letzten drei Monaten in Düsseldorf und Umgebung diese Ballerinas und Röckchen bestellt haben. Aber ich muss dich enttäuschen, es waren nur Frauen, und deren Aussagen waren überzeugend. Obwohl diese Tutus teuer sind, gab es eine Menge Bestellungen, die scheinen derzeit sehr gefragt zu sein. Zwei Personen habe ich noch nicht erreicht. Und jetzt kommt es: Diese beiden Personen haben gleich mehrere Tellertutus geordert, gleiche Größe, gleiches Modell.«

Clemens' Augen leuchten kurz auf.

Hendrik reicht ihm einen Zettel mit den Namen: Ulrike Zoff, Eva Weiß.

»Bitte Steinbeißer, sich darum zu kümmern. Auch wenn das Frauen sind, sollten wir da dranbleiben. Wer weiß, vielleicht hat der Täter unter dem Namen der Freundin, der Mutter oder der Oma bestellt.«

»So einfach ist das nicht. Er muss die Kreditkarte der jeweiligen Person zur Verfügung gehabt haben.«

»An diese Karten kommt jemand doch sofort, wenn er will. Wo sind die beiden Personen denn gemeldet?«

»Ulrike Zoff in Urdenbach und Eva Weiß in Reisholz.«

»Komisch, beide im Düsseldorfer Süden.«

Auf dem Flur begegnet ihm Maria, die bleich aussieht.

»Was ist denn mit dir los?«

»Das letzte Bier gestern muss schlecht gewesen sein, so mies habe ich mich schon lange nicht mehr gefühlt.«

»Dicker Kopf?«, fragt Clemens mitfühlend.

»Ja, aber nicht nur, auch die Verdauung lässt zu wünschen übrig. Ich habe einfach zuviel gegessen.«

»Nett ausgedrückt.« Clemens lächelt Maria an. »Nimm dir doch eine Auszeit, heute passiert bestimmt nicht mehr viel und morgen müssen wir alle fit sein.«

»Was machst du denn heute?«

»Vielleicht schaue ich mal kurz bei meinen Eltern vorbei, die habe ich in den letzten Wochen ziemlich vernachlässigt.«

»Wie geht es ihnen denn?«

»Eigentlich ganz gut. Aber in dem Alter kann sich das ganz schnell ändern.«

»Wie alt sind sie mittlerweile?«

»Mutter ist 81 und Vater 86 Jahre.«

»Und was ist mit deiner Schwester?«

»Du weißt ja, sie lebt in Bayern und kommt zweimal im Jahr auf Besuch. Viel ist das nicht, aber immerhin. Und meine Eltern fahren einmal im Jahr zu ihr und den Enkelkindern.«

19.

Montag später Vormittag Polizeipräsidium. Nach der Frühbesprechung, die kaum Neues gebracht hat, trifft Clemens Pia Cremer auf dem Flur. »Kommen Sie voran?«, ist ihre erste Frage.

»Es verdichtet sich, aber noch fehlt uns der entscheidende Hinweis. Trotzdem, wir sind nahe dran, den kriegen wir.«

»Fragt sich nur wann, nicht dass es noch eine Tote gibt«, entgegnet sie.

»Das könnte passieren. Nach meiner Einschätzung hat er schon das nächste Opfer in seiner Gewalt.«

»Wie kommen Sie darauf?«

»Der Abstand zwischen der Gefangennahme und der Tötung samt Inszenierung ist im zweiten Fall kürzer gewesen.«

Die Oberstaatsanwältin scheint Zeit zu haben, denn sie fragt nach: »Wieso ist es so kompliziert, Sie haben doch reichlich Spuren, Herr von Bühlow?«

»Die vielen Spuren überführen den Täter zu 100 Prozent. Dafür müssen wir ihn aber auch haben.«

»Also keine zu befürchtenden Rangeleien wegen der Beweisaufnahme vor Gericht?«

»Das kann ich Ihnen garantieren. Das wird glatt über die Bühne gehen.«

»Schön, dann suchen Sie mal fleißig weiter.«

Die spitze Bemerkung übergeht Clemens souverän.

»Wenn wir das geschafft haben, gibt es vielleicht etwas zu feiern. Dürfte ich Sie dann zum Essen einladen? Ich kenne ein ausnehmend gutes türkisches Restaurant, gleich um die Ecke.«

»Herr Hauptkommissar, Sie geben wohl nie auf?« Pia Cremer lächelt ihn charmant an und wendet sich ab.

Clemens' Ehrgeiz ist erwacht. ›Natürlich gebe ich nicht auf, wäre doch gelacht. Was ist gegen ein gemeinsames Essen einzuwenden?‹

Kaum hat Clemens das Büro seines Aktenführers betreten, der sich mit Rainer Steinbeißer unterhält, meldet sich dessen Telefon. Wortlos reicht Hendrik Clemens den Hörer weiter.

Die total verhedderte Schnur zwingt ihn in eine unbequeme Haltung.

»Clemens, grüß dich. Hier Wolters von der Polizeiwache Altstadt.«

»Hallo, Heinz, was kann ich für dich tun?«

»Ich hoffe doch sehr, etwas für dich tun zu können.«

Clemens hört gespannt zu.

»Bei mir sitzt der Leiter des Ballettensembles der Düsseldorfer Oper. Er ist ziemlich aufgewühlt und will eine seiner ganz jungen Tänzerinnen als vermisst melden. Sie ist zwar erst seit dem Wochenende verschwunden und volljährig, aber ich habe ein ungutes Gefühl. Man hört ja so einiges über euren Fall.«

»Ist er noch da?«

»Ja.«

»Er soll sich etwas gedulden, wir sind gleich bei euch. Und fax das Protokoll bitte zu uns rüber.«

Er dreht sich rasch zu Maria um, die sich gerade einen Kaffee eingießen will.

»Wir müssen los. Soeben wird auf der Altstadtwache eine junge Balletttänzerin als vermisst gemeldet. Rainer, du bekommst das Protokoll, veranlasse bitte alles Weitere. Ist das für dich in Ordnung?«

»Klar.«

Clemens stutzt. ›Habe ich Steinbeißer falsch eingeschätzt? Er ist gutmütig, ja, aber bisher war er auch abweisend, fast überheblich. Und jetzt ordnet er sich ohne Murren unter.‹ Eilig verlässt er mit Maria das Büro.

»Fahren wir mit deinem Auto?«

»Wo hast du deinen Frosch denn wieder abgestellt?«, kommt es amüsiert von Maria. Sie weiß, dass Clemens nie Auto fährt, wenn er etwas getrunken hat. Deshalb steht sein Porsche nach einem Essen mit ihr oder Alexander immer irgendwo in der Stadt.

»Sag nicht immer Frosch. Nicht nur der Porsche, auch die Farbe ist original. Irisch-grün, typisch für die Baureihe 1968 bis 69.«

»Würde ich ja umspritzen lassen«, kommt es als Antwort stets von Maria. Wenn Clemens dann zum wiederholten Mal erklärt: »Dann ist er nicht mehr original und das dunkle Grün gefällt mir«, müssen beide lachen.

»Ich habe in der Hektik die Autoschlüssel zu Hause liegen gelassen. Kannst du nachher kurz bei mir vorbeifahren? Dann hole ich sie schnell.«

Vor der Altstadtwache an der Heinrich-Heine-Allee sind mal wieder alle Parkbuchten mit den Dienstfahrzeugen der Polizei besetzt. Maria fährt ohne zu zögern auf den Bürgersteig. Clemens ist über diese Dreistigkeit immer wieder überrascht. Er selbst käme nicht auf die Idee, auf dem Gehweg oder in zweiter Reihe zu parken. Selbst in Notfällen tut er sich schwer, andere zu behindern. Ganz anders Maria, die auch schon einmal in einer Feuerwehrzufahrt gehalten hat, nur für kurze Zeit, aber trotzdem.

Kaum haben sie die Wache betreten, zeigt Maria freudestrahlend auf ihren Wagen und bittet den jungen Streifenpolizisten, gut auf ihn aufzupassen. Noch bevor dieser Einspruch erheben kann, werden sie von Oberkommissar Heinz Wolters begrüßt.

»Klasse, dass ihr so schnell kommen konntet. Herr Helbig hat in zwei Stunden einen Termin, den er nicht mehr absagen kann.«

Als sie den Besprechungsraum betreten, erhebt sich ein sehr schlanker, drahtiger Mann mittleren Alters und stellt sich kurz vor. Sichtlich nervös, versucht er sich bei seinen Erklärungen auf das Wesentliche zu konzentrieren. Er sei der Leiter des Ballettensembles. Camille Berger, die vermisste Balletttänzerin, sei erst seit fünf Wochen bei ihnen, die 18-jährige Französin habe in Düsseldorf ihr erstes Engagement. Und da ihr Vater sein bester Freund sei, habe er versprochen, sich um sie zu kümmern. Am Morgen war sie nicht zur Probe erschienen. Schon am Wochenende habe sie weder auf Anrufe noch auf das Klingeln an der Wohnungstür reagiert.

»Sie waren bei ihr?«, fragt Maria verwundert.

»Ja, meine Frau und ich hatten sie für Sonntag zum Mittagessen eingeladen, aber sie ist nicht gekommen. Ich mache mir wirklich große Sorgen. Das Tanzen bedeutet ihr alles. Sie weiß, welche Chance sie bei uns bekommt, das würde sie niemals freiwillig aufs Spiel setzen. Auch wenn sie noch jung ist, konzentriert sie sich ganz auf ihre Arbeit. Bis auf die Kolleginnen und Kollegen kennt sie in Düsseldorf niemanden. Und die sind noch ziemlich distanziert. Der Konkurrenzkampf unter den Tänzerinnen und Tänzern ist groß, da wird jede Neue erst einmal argwöhnisch beäugt. Dass ihr Vater ein erfolgreicher und angesehener Choreograph am Pariser Opernhaus ist, macht es für sie auch nicht leichter. Und dass ich mit ihrem Vater gut befreundet bin, hat sich bestimmt auch schon herumgesprochen.«

»Wann haben Sie Camille zuletzt gesehen?«, will Maria wissen.

»Am Freitag bei der Probe.«

»Wann war die beendet?«

»So um halb sechs, wie immer donnerstags und freitags. Montags und dienstags sind die Proben am Vormittag angesetzt.«

»Wann und wie verlassen die Tänzerinnen das Haus?«, fragt Clemens nach.

»Bei den Proben am Nachmittag zwischen sechs und halb sieben und dann meistens durch den Bühneneingang, der liegt auf der rechten Seite, zum Hofgarten hin.«

»Wo wohnt Camille?«

»In einem möblierten Appartement auf der Inselstraße.«

»Sie geht zu Fuß nach Hause?«

Der Leiter nickt. »Es sind ja nur ein paar Schritte.«

Maria mischt sich in die Befragung ein: »Doch nicht etwa im Dunkeln durch den Hofgarten?«

»Doch, meistens schon, warum auch nicht.«

Clemens schiebt sofort die nächste Frage nach. Er ahnt, dass sich Maria nur mit Mühe zurückhalten kann.

»Ist Ihnen bei der letzten Probe oder zuvor etwas aufgefallen?«

»Nein, sie war hochkonzentriert und wirkte ausgeglichen.«

»Wann sind die nächsten Proben?«

»Morgen früh um zehn Uhr.«

»Das ist uns zu spät. Können Sie das Ensemble für heute am späten Nachmittag zusammenrufen?«

»Was haben Sie vor?«

»Wir würden uns gerne mit den Kolleginnen und Kollegen von Camille unterhalten. Vielleicht hilft uns das weiter.«

»Noch etwas.« Maria, die sich etwas beruhigt hat, blickt Helbig direkt an. »Wie lässt sich die Persönlichkeit von Camille beschreiben?«

»Sie ist zwar recht schüchtern, gerade jetzt unter so vielen neuen Leuten, aber sie zieht die Blicke auf sich, sie ist präsent und hat eine unglaubliche Ausstrahlung.«

Auf dem Rückweg fängt Clemens Marias Blick auf.

»Ich fasse es nicht. Selbst ich gehe im Dunklen nicht durch den Hofgarten, auch wenn es der direkte Weg von der Altstadt zu mir nach Hause ist.«

»Reg dich nicht auf. Unser Täter hätte trotzdem einen Weg gefunden, sich ihrer zu bemächtigen.«

»Aber man muss es nicht auch noch herausfordern«, trotzt die Hauptkommissarin.

»Wenn wir Camille unversehrt finden sollten, dann hat ihr Heinz Wolters das Leben gerettet.«

»Die Vermisstenanzeige wäre frühestens morgen bei uns eingegangen. Und wenn dann einer der Sacharbeiter sie nicht richtig einschätzt, verlieren wir schnell zwei Tage. Glaubst du, es besteht ein Zusammenhang?«

»An Zufälle glaube ich nicht. Zwei Tote in Ballettschuhen und Tutu, eine vermisste Balletttänzerin. Dass der Fall mit dem Ballett zu tun hat, ist mehr als offensichtlich, nur die Motivation des Täters kennen wir noch nicht.«

»Du gehst von einem Serienmörder aus?«

»Ja, unser Fall hat jetzt schon das Zeug, in die Lehrbücher für Kriminalistik aufgenommen zu werden: Der Wiederholungscharakter, die Auswahl der Opfer und das Tatortbild weisen erhebliche Parallelen auf. Das legt die Wahrscheinlichkeit nahe, dass sich Täter und Opfer nicht kannten.«

Clemens steht zusammen mit Hendrik rauchend auf dessen Balkon.

»Also, alle Polizeistreifen in Düsseldorf und Umgebung sind mit dem Foto von Camille Berger ausgestattet und halten die Augen auf. Morgen erscheint in unseren regionalen Medien ein Bild der Vermissten. Das hat Steinbeißer mit den Eltern von Camille und der Oberstaatsanwältin abgestimmt. Die Eltern kommen übrigens heute noch nach Düsseldorf.« Hendrik sieht Clemens' gequälten Blick. »Konnten wir leider nicht abwenden. Ist ja auch verständlich, dass die vor Ort sein wollen. Steinbeißer, Florian und Sonja sind auf dem Weg zur Oper, um die Mitglieder des Ensembles zu befragen. Christian hat vorhin angerufen. Die Kollegen in London haben Richard Moody nicht angetroffen, versuchen aber herauszufinden, wo er steckt. Er arbeitet jetzt die Liste der Freunde und Bekannten von Julia Bäumler ab und wird anschließend die Discobekanntschaft von ihrer Freundin aufsuchen. Den hat Maria noch nicht geschafft. Steinbeißer hat mir den Ball mit den zwei Internetkäuferinnen zurückgeworfen. Ulrike Zoff, das hat meine Recherche ergeben, verbringt die Wintermonate auf Gran Canaria. In ihrem Hotel habe ich eine Nachricht hinterlassen und warte nun auf ihren Rückruf. Bei Eva Weiß bin ich noch nicht weitergekommen, die scheint wie vom Erdboden verschwunden zu sein.«

Hendrik schaut kurz in seine Notizen, die er mit auf den Balkon genommen hat. »Einen Hinweis hatten wir, dass am

Benrather Schloßufer ein Golf neuester Baureihe gesehen worden ist. Ich habe mich mal kundig gemacht. Also: Der neueste VW Golf ist die sechste Baureihe, sie ist im Oktober 2008 auf den Markt gekommen. Das heißt: Wir hatten innerhalb von mehr als zwei Jahren einige Tausend Zulassungen in Düsseldorf. Auch wenn wir von einer dunklen Lackierung ausgehen, hilft uns das nicht weiter, denn Schwarz, Anthrazit und Dunkelgrau sind die beliebtesten Farben. Und die Annahme, dass der Halter zwischen Ende Zwanzig und 45 Jahre alt ist, verringert das Suchergebnis nicht wesentlich, es bleiben immer noch satte 1.500 Zulassungen.«

»Und was ist, wenn du einen weiteren Parameter hinzufügst?«

»Kommt darauf an.«

»Zum Beispiel gemeldet im Süden Düsseldorfs. Hätte dir auch selber einfallen können.« Clemens kann sich die Bemerkung nicht verkneifen. Ein deutliches Zeichen für seine wachsende Unruhe. Ihm gefällt nicht, dass sie so langsam vorankommen.

Hendrik lacht, aber es hört sich schief an. »Kann ich machen, aber die Annahme steht auf sehr wackeligen Füßen.«

»Mach es trotzdem«, antwortet Clemens knapp, aber nicht unfreundlich, drückt seinen Zigarettenstummel im Pflanzenkübel aus und öffnet die Balkontür.

Auf dem Flur begegnet er Otto Kreutz. Sein väterlicher Freund kommt ihm zuvor. »Bitte mich bloß nicht wieder um personelle Unterstützung, da geht gar nichts.«

»Hatte ich nicht vor. Wie weit seid ihr?«

»Die Kollegen treten auf der Stelle. Zumindest ist jetzt klar, dass die Explosion nicht ursächlich für den Tod der drei Männer verantwortlich war. Die wurden zuvor schon exekutiert, Genickschuss, der Brand ist lediglich ein Ablenkungsmanöver. Aber das hast du bestimmt schon aus den Medien erfahren. Sei froh, dass sich die Presse auf diesen Fall eingeschossen hat und dich weitestgehend in Ruhe lässt.«

»Otto, wir haben zwei Tote und eine Vermisste. Die Chance, dass wir die lebendig finden, ist sehr gering. Ich brauche dir nicht zu erklären, dass der Typ weitermacht.«

»Der Polizeipräsident hat klare Anweisungen gegeben. Darüber kann ich mich nicht hinwegsetzen.«

»Es wäre nicht das erste Mal, dass du das tust. Wenn das rauskommt, dass der oberste Polizeichef uns bei diesem Fall im Regen stehen gelassen hat, kann der seinen Hut nehmen.«

Kaum hat Clemens sich mit einem Espresso an seinen Schreibtisch gesetzt, den Computer hochgefahren, das Brötchen aus der Kantine ausgepackt und die Füße auf den Tisch gelegt, wird seine Bürotür aufgestoßen. Steinbeißer steht mit den Kollegen in der Tür. Mit hochrotem Kopf berichtet er: »Unser Fall nimmt endlich Fahrt auf. Wir haben die Mitglieder des Ensembles befragt. Niemand hatte näheren Kontakt zu Camille. Sie haben sich noch reserviert verhalten, obwohl ihnen die junge Frau nicht unsympathisch war, aber sie wittern Vetternwirtschaft. Da kommt so eine junge Kollegin mit Protektion und auf einmal haben alle anderen Tänzerinnen der zweiten Reihe Angst um ihre Position. Nach mehrmaligem Nachfragen haben drei von ihnen ausgesagt, einen Mann bemerkt zu haben, der sich die letzten Tage öfter am Bühnenausgang aufgehalten hat. Die drei sind gerade dabei, mit den Kollegen der Kriminaltechnik ein Phantombild zu erstellen.«

Clemens springt auf. »Das könnte passen. Unser Täter muss die jungen Frauen beobachtet und dann ausgewählt haben. Sonst noch etwas?«

»Nein. Das war's.«

Wieder meldet sich das Telefon. »Von Bühlow.« Clemens macht sich schnell Notizen. Dann legt er auf und schaut die Kollegen an. »Ich glaube, jetzt wird es heftig.« Er wischt sich mit der Hand über die Stirn und ist sichtlich mitgenommen. »Wir haben eine weitere Tote in Benrath und es könnte Camille sein. Gerade hat eine Streife angerufen, die einem Hinweis aus der Bevölkerung nachgegangen ist. Ruf bitte die Cremer an«, wendet er sich an Steinbeißer, »Schoeller und Hummel sind schon verständigt.«

Clemens und Maria verlassen das Präsidium und laufen zum Parkplatz. »Nehmen wir deinen Frosch?«

»Ja, komm.«

»Bitte nicht noch eine Tote.« Marias Stimme klingt flehend.

»Damit mussten wir rechnen, aber stell dich darauf ein, dass das, was wir zu sehen bekommen, fürchterlich ist.«

»Was sagen die Kollegen von der Streife?«

»Wieder eine Inszenierung, Leiche fast unversehrt, nur nicht mehr frisch. Und jetzt kommt es: Die Füße sind abgetrennt und stehen neben der Leiche. Der Kollege meint, es sähe aus wie ein missratenes Bild von Magritte.«

»Verstehe ich nicht.«

»Du wirst schon sehen.«

Clemens fährt zügig die Münchener Straße entlang.

»Pass auf, hier wird überall geblitzt«, ermahnt ihn Maria.

»Okay, dann machen wir es halt anders.« Er kurbelt das Seitenfenster herunter und setzt routiniert das mobile Blaulicht auf das Autodach.

Quietschend bringt Clemens seinen Porsche auf dem Bürgersteig vor dem mehrgeschossigen Altbau an der Kreuzung Sophienstraße, Ecke Benrodestraße zum Stehen. Der Kleintransporter der Kriminaltechnik steht schon dort, ebenso zwei Streifenwagen. Die Kollegen haben den Zugang des Hauses mit Flatterbändern abgesperrt und bitten Schaulustige, sich zu entfernen. Der Hauptkommissar steigt aus und öffnet die Beifahrertür. Während Maria sich mit Schwung aus dem Schalensitz befreit, betrachtet er die Fassade des schäbigen Mietshauses. Sieht ganz danach aus, als wenn das Haus schon längere Zeit leer steht. Im ersten Stock sitzt eine Frau am Fenster.

Maria hat mittlerweile die in Plastikfolie eingeschweißten Overalls aus dem Kofferraum geholt. Auf einem Bein balancierend, zieht Clemens die Überzieher umständlich über seine Schuhe und Maria müht sich in die Synthetikhandschuhe. Gut eingepackt, stellen die beiden ein bizarres Paar in Weiß dar, wie sie sich auf die alte Haustür zubewegen. Als Clemens die Tür öffnen will, wird sie von innen aufgerissen und Pia Cremer stolpert heraus. Geistesgegenwärtig breitet er seine Arme aus und kann die Oberstaatsanwältin gerade noch auffangen. Äußerst blass fällt sie ihm in die Arme. Kaum hat er sie zu fassen bekommen und aufgerichtet, übergibt sie sich auf seinen Overall.

Clemens versteinert. Vorsichtig fingert er nach dem Stofftaschentuch in seiner Hosentasche. Kein einfaches Unterfangen, da er erst den bekleckerten Reißverschluss seines Overalls mit einer Hand öffnen muss. Der Oberstaatsanwältin ist die Situation sichtlich peinlich. Schnell wischt sie sich mit dem Taschentuch über den Mund.

»Entschuldigung«, kommt es etwas krächzend.

»Ist nicht schlimm.«

Maria kommt schon mit einem neuen Overall. Clemens schält sich vorsichtig aus dem alten heraus und stopft ihn mit spitzen Fingern in eine Plastiktüte, die ihm ein Streifenpolizist hinhält. Pia Cremer hat sich auf eine der Stufen vor dem Haus gesetzt.

Maria, die kaum das Gesicht verzogen hat, geht langsam hinter Clemens die brüchige Holztreppe hinauf in die erste Etage. Es riecht modrig. Der abgebröckelte Putz liegt in großen Placken auf den Stufen. Die Kollegen der Spurensicherung sind schon konzentriert bei der Arbeit und nehmen kaum Notiz. Überall stehen große Scheinwerfer, die den Tatort ausleuchten.

Clemens nähert sich bedächtig der Frau am Fenster. Sie ist mit Klebebändern auf einem Stuhl fixiert, sitzt aufrecht mit dem Rücken zu ihm, und wenn nicht der leichte Verwesungsgeruch wäre, der ihm in die Nase steigt, könnte man den Eindruck gewinnen, sie blicke gedankenversunken aus dem großen Erkerfenster auf die Kreuzung. Auch sie ist mit einem Tellertutu bekleidet. Aufmerksam blickt Clemens sich um, geht seitlich an der Toten vorbei und steht schließlich vor ihr. Sie starrt ihn mit leeren Augen an, das Gesicht fast weiß. Unter ihr eine große Blutlache, teilweise schon eingetrocknet, mittendrin stehen die Füße. Sie sind von den Unterschenkeln abgetrennt und mit Ballerinas bekleidet. Clemens muss schlucken. Bemüht, nicht in die Blutlache zu treten, geht er um die Tote herum und betrachtet ihren Nacken. Auch hier unübersehbar die Eisblume.

Clemens gibt Maria, die sich mit Schoeller bespricht, ein Zeichen und verlässt das Haus. Vor der Tür steckt er sich eine Zigarette an und nimmt mehrere tiefe Züge. Mittlerweile haben sich einige Passanten auf der gegenüberliegenden Straßenseite versammelt und beobachten neugierig das Polizeiaufgebot. Er lässt seinen Blick über die Menge gleiten. Einer der Streifenpolizisten, die den Tatort abgesperrt haben, kommt auf ihn zu und zündet sich ebenfalls eine Zigarette an.

»In unserem Mannschaftswagen sitzt Elfriede Kunert. Sie hat uns verständigt. Die Kollegen befragen sie gerade.«

»Danke, ich komme gleich«, antwortet Clemens. »Wo ist eigentlich die Oberstaatsanwältin?«

»Die sitzt dort in der kleinen Weinhandlung.« Der Kollege zeigt die Sophienstraße hinunter.

Clemens geht zum Mannschaftswagen und überfliegt schnell das vorläufige Gesprächsprotokoll. Nachdem er die Zeugin begrüßt und sich kurz vorgestellt hat, fragt er: »Gehen Sie hier regelmäßig vorbei?«

»Ja, fast jeden Tag, und immer schaue ich an der Fassade hoch. Eine Schande, so ein herrschaftliches Haus, und man lässt es mit System verrotten.«

»Wann haben Sie die junge Frau das erste Mal gesehen?«

»Wie ich schon Ihren Kollegen sagte, am Sonntagnachmittag war ich auf dem Weg zum Schlosspark. Es kam mir seltsam vor, dass in dem verlassenen Haus jemand war, aber ich dachte, vielleicht gibt es ja endlich einen Interessenten.«

»Und als Sie zurückgingen, haben Sie nicht noch einmal hochgesehen?«

»Nein, ich bin nicht mehr hier vorbeigegangen.«

»Erst heute wieder?«

»Ja, ich wollte zu *Annes Bioladen.* Dann habe ich wieder diese Frau gesehen.«

»Ist Ihnen sonst etwas aufgefallen?«

»Nein, was hätte mir denn auffallen sollen?«, fragt sie mit einem erstaunten Blick.

»Keine anderen Menschen vor dem Haus oder welche, die hinein- oder hinausgingen?«

»Nein.«

»Auch kein Auto, das vor dem Haus abgestellt war?«

»Die ganze Straße ist mit Autos zugeparkt.«

»Danke, dass Sie angerufen haben. Sind Sie sicher, dass es Sonntagnachmittag war?«

»Ja, ganz sicher, so um drei Uhr.«

Als Clemens den Mannschaftswagen verlässt, kommt Dr. Hummel schwerbepackt und wie immer schnellen Schrittes auf ihn zu.

»Tut mir leid, ging nicht eher.« Dann schaut er den Hauptkommissar an. »Sie sahen aber auch schon mal besser aus.«

»Der Anblick im ersten Stock wird auch Ihnen schwerfallen.«

»Nicht, wenn man in Phuket die Toten identifiziert hat«, antwortet Hummel lakonisch und eilt weiter.

Clemens geht die Sophienstraße ein paar Schritte Richtung Benrather Schloßallee hinunter. Die schmale Einbahnstraße mit den vielen Gründerzeithäusern ist auf beiden Seiten mit Autos vollgestellt. Vereinzelt finden sich in den Erdgeschossen kleine Geschäfte oder Handwerksbetriebe in den Hinterhöfen, die durch schmale Toreinfahrten zu erreichen sind. Vor der Weinhandlung *Vinobile* bleibt er stehen und schaut durch die großen, bis zum Boden reichenden Fenster. Pia Cremer sitzt alleine an einem Bistrotisch. Als er das Geschäft betritt, trinkt sie gerade ihr Glas leer.

»Geht es besser?«, fragt er.

»Ja, das Wasser hat gut getan. Tut mir leid, dass Sie alles abbekommen haben.«

»Machen Sie sich darüber bitte keine Sorgen.«

Als ob sie seine Gedanken gelesen hätte, erklärt sie: »Ich bin ja sonst nicht so zart besaitet. Aber seit gestern Abend habe ich Probleme mit dem Magen.«

»Vielleicht haben Sie etwas gegessen, was Ihnen nicht bekommen ist.«

»Ja, vielleicht.« Sie stützt den Kopf in die Hand. »Gibt es schon Erkenntnisse?«

»Dr. Hummel ist gerade erst gekommen und mit Schoeller habe ich noch nicht gesprochen. Aber es ist eindeutig, wir haben es mit demselben Täter zu tun.«

»Eine heiße Spur gibt es noch nicht?«

»Möglicherweise die Adresse eines Tattoo-Lehrers, nur haben wir den noch nicht erreicht.«

Pia schaut skeptisch. »Meinen Sie, das bringt etwas?«

»Wenn wir endlich mit ihm reden können, verspreche ich mir viel davon. Übrigens, die Tote dort oben«, Clemens zeigt mit der Hand zum Wohnhaus, »ist mit der gleichen Eisblume tätowiert.«

Ob die Oberstaatsanwältin den letzten Satz gehört hat, kann Clemens nicht einschätzen. Sie scheint mit ihren Gedanken weit weg zu sein. Doch dann schaut sie ihn direkt an: »Herr von Bühlow, können Sie bitte die Obduktion mit Hauptkommissarin Esser übernehmen. Ich glaube, das schaffe ich heute nicht.«

»Ja, natürlich. Machen wir.«

»Dann haben Sie bei mir etwas gut«, entgegnet Pia Cremer, immer noch sichtlich mitgenommen. Er versucht ein Lächeln, doch sie reagiert nicht darauf. Also verabschiedet er sich.

Auf der Treppe zum ersten Stock begegnet ihm Maria. »Nach Schoeller haben wir es hier mit einem Fund- und Tatort zugleich zu tun.«

»Wie soll ich das verstehen?«

»Schoeller und Hummel haben ihre bisherigen Ergebnisse abgeglichen und sind zu dem Resultat gekommen, dass die junge Frau schon tot war, als sie hierher gebracht wurde.«

»Und die Blutlache?«

»Deshalb auch Tatort. Die Verstümmelung hat er hier vor Ort vorgenommen«, erwidert Maria.

»Ruf bitte Steinbeißer an. Wir brauchen eine Hausbefragung. Aus den Wohnungen der direkt gegenüberliegenden zwei Mietshäuser kann man das Haus bestens beobachten und hat sogar einen guten Einblick in die Wohnung im ersten Stock.«

Die Leiche liegt bereits auf einer Folie, Dr. Hummel schließt gerade seinen Koffer.

»Und?«

»Ganz eindeutig. Sie ist erwürgt worden.« Der Gerichtsmediziner bückt sich zur Toten hinab und zeigt Clemens die streifenförmigen, braunroten Hautvertrocknungen am Hals und die Stauungsblutungen in den Bindehäuten der Augen.

»Wie lange ist sie schon tot?«

»Schwer zu sagen. Da die Leichenfäulnis schon begonnen hat, kann ich mit meinem Computerprogramm keine exakten Resultate mehr erreichen. Auf jeden Fall mindestens zwei Tage, da sich die Leichenstarre schon aufzulösen beginnt. Das würde bedeuten, sie ist am Samstag zu Tode gekommen, in der ersten Tageshälfte. Aber mehr kann ich Ihnen erst nach der Obduktion sagen.«

Clemens zieht das Foto der Vermissten aus seiner Jackettasche und reicht es Dr. Hummel. »Könnte es Camille Berger sein? Die Ähnlichkeit ist verblüffend.«

Dr. Hummel betrachtet das Foto. »Ja, sie könnte es sein.«

»Wenn es sich bestätigt und sie ist es, wurde sie wahrscheinlich Freitagabend oder Samstag im Laufe des Tages entführt. Der Leiter des Ballettensembles hat seit Sonntagmittag versucht, sie telefonisch zu erreichen, und eine Zeugin will die junge Frau Sonntag um drei Uhr schon am Fenster gesehen haben.«

»Das kommt hin. Den Todeszeitpunkt kann ich aber nur mit größtem Vorbehalt auf zehn bis vierzehn Uhr am Samstag eingrenzen. Aber wie gesagt, erst die Obduktion wird uns Gewissheit bringen.«

»Wann setzen Sie die an?«

»Ich sage Ihnen noch Bescheid, aber es wird spät werden.«

»Noch eine Frage. Wie kommen Sie darauf, dass dies hier nicht der Ort ihrer Ermordung ist?«

»Vieles spricht dafür. Beispielsweise haben wir weder auf dem Boden noch an der Kleidung Anhaftungen von Urin gefunden. Sie müssen wissen, wenn Menschen erwürgt werden, ist es sehr oft der Fall, dass sich die Blase entleert und manchmal auch der Darm. Das bedeutet aber, er muss sie gewaschen haben, bevor er ihr das Tellertutu angezogen hat. Und das hat er definitiv nicht hier gemacht.«

»Und die Verstümmelung der Leiche?«

»Wieder habe ich Bissverletzungen an den Oberschenkeln und im Vaginalbereich gefunden, die ihr zu Lebzeiten zugefügt wurden. Die Amputation der Füße hingegen hat hier post mortem stattgefunden. Schoeller hat genügend Spuren gesichert, die das bestätigen. Auch das Blutspurenmuster verrät, dass er sie zuerst auf dem Boden abgelegt und dann mit einer Säge die Amputation vorgenommen hat. Deswegen eine Säge, weil wir ausgefranste Schnittflächen haben, das ist alles andere als gekonnt. Aber obwohl er keine Ahnung vom Abtrennen von Gliedmaßen hat, war er sehr darauf bedacht, ordentlich zu arbeiten, die Füße nicht zu verletzen und das Blut nicht zu verteilen.«

»Ein Tatwerkzeug ist nicht gefunden worden?«

»Nein.«

Zurück im Präsidium treffen Clemens und Maria auf Hendrik, der ihnen auf dem Flur entgegenkommt. »Steinbeißer, Florian, Sonja und drei Kollegen von der Benrather Wache fangen gerade mit der Hausbefragung an.«

»Hat Kreutz sich doch erweichen lassen?«

Hendrik grinst. »Ich glaube, Steinbeißer hat das anders hinbekommen.«

»Gibt es etwas Neues von Richard Moody?«

»Ja, die Kollegen aus London haben erfahren, dass er sich zurzeit in Australien aufhält. Christian hat schon im Hotel angerufen und wartet nun auf den Rückruf.«

»Hoffentlich bringt das was. Ich habe das Gefühl, unser Täter hat schon die Nächste in seiner Gewalt.«

»Wie kommst du darauf?«, fragt Maria ernst.

»Wenn er diese Frau wirklich schon Samstag ermordet hat, verkürzen sich die Abstände zwischen Entführung, Gefangenschaft, Ermordung und Inszenierung dramatisch. Und jetzt haben wir Montagnachmittag.«

»Hat sich schon jemand mit den Eltern von Camille in Verbindung gesetzt?«

»Ja, Christian hat die Adresse des Zahnarztes erfragt und an Hummel weitergeleitet. Der kümmert sich darum.«

»Oh nein!« Marias Meinung ist eindeutig.

»Christian war sehr behutsam«, betont Hendrik.

»Trotzdem, die können eins und eins bestimmt zusammenzählen.«

»Wann kommen die eigentlich in Düsseldorf an?«, fragt Clemens.

Hendrik schaut auf seine Armbanduhr. »Ungefähr in einer Stunde.«

Clemens' Handy startet das Flugzeug. Hendrik zuckt zusammen und Maria faucht ihren Kollegen an. »Besorg dir endlich einen neuen Klingelton!«

Er blickt Maria erschrocken an, dann schaut er kurz auf das Display und nimmt das Gespräch an. »Ja, ich habe verstanden, danke.«

»Also, wie zu befürchten war, es ist Camille Berger und die Obduktion beginnt in zwei Stunden.«

»Wer hat sie identifiziert?«, fragt Maria deutlich ruhiger.

»Herr Helbig, der Leiter des Ballettensembles.«

Clemens überlegt. »Maria, kannst du die Obduktion übernehmen, ich brauche etwas Zeit zum Nachdenken.« Er schaut konzentriert auf den Boden. »Und noch was. Wo sind die neuen Phantombilder?«

»Liegen auf deinem Schreibtisch.«

Kaum hat Clemens die Bürotür hinter sich geschlossen und den Plastikbecher mit dem Espresso abgestellt, klopft es. Christian auf der Heide steht mit geröteten Wangen in der Tür.

»Gerade hat mich Moody aus Australien zurückgerufen. Ich hatte ihm zuvor das Foto von der Eisblume gemailt.«

»Und?« Clemens' Müdigkeit ist wie weggeblasen.

»Ich glaube, wir haben eine heiße Spur.«

»Christian, komm endlich zu Potte!«

»Fast dreißig Jahre hat Richard Moody, übrigens ein Deutscher, als Tattoo-Lehrer ausgebildet. In der Zeit kann er sich nur an acht Leute erinnern, denen er so eine Qualität zutrauen würde. Leider kann er nicht in seinen Unterlagen nachsehen, da er nicht in London ist. Er hat uns aber wenig Hoffnung gemacht, da er nur noch zu zwei Leuten Kontakt hat und von den meisten seiner Schüler nur die Vornamen kennt.«

»Und das nennst du eine heiße Spur.« Clemens ist sichtlich enttäuscht.

Christian lacht. »Das war ja noch nicht alles. Moody kennt die Eisblume.«

»Wie meinst du das?«

»Es ist seine Kreation.«

»Was?«

»Ja, er hat sie sogar patentieren lassen. Finanziell hat ihm das nicht viel gebracht, weil kaum einer in der Lage ist, die Vorlage umzusetzen.«

»Wie oft hat er sie selbst gestochen?«

»Offensichtlich unzählige Male. Aber er erinnert sich noch genau, wie die Eisblume entstanden ist.«

»Nun sag schon.« Clemens' Ungeduld ist mit Händen zu greifen.

»Es muss vor rund zwanzig Jahren gewesen sein, da hat ihn in seinem Londoner Studio eine junge Balletttänzerin aufgesucht. Und die wollte unbedingt eine Eisblume.«

»Wo hat er das Tattoo gesetzt?«

»Im Nacken.«

»Wie heißt die Frau?«

»Wusste er nicht mehr. Sie kam aus Deutschland und hatte ein Engagement in London. Sie soll es einige Jahre später bis zur Primaballerina gebracht haben.«

Clemens atmet einmal tief aus. »Gut gemacht, Christian. Wer die Frau ist, dürften wir ja wohl herausfinden.«

»Helbig«, meldet sich eine Stimme am anderen Ende der Leitung.

»Hier Hauptkommissar von Bühlow. Ich wollte mich bedanken, dass Sie so schnell unserer Bitte nachgekommen sind und Camille identifiziert haben. Ich weiß, so etwas ist sehr belastend.«

»Ich mache mir solche Vorwürfe.« Die Erschütterung ist ihm anzumerken.

»Sie trifft keine Schuld. Wir hatten keine Chance, obwohl Sie so schnell reagiert haben.«

Es entsteht eine kurze Pause, dann fragt Helbig: »Kann ich noch irgendetwas tun?«

»Ja, ich brauche Ihre Hilfe. Erinnern Sie sich an eine junge deutsche Balletttänzerin, die vor rund zwanzig Jahren ihr erstes Engagement in London hatte und es danach bis zur Primaballerina geschafft hat?«

»Das war vor meiner Zeit und Personalien sind nicht meine Stärke. Aber warten Sie. Vielleicht jemand, der schon länger ... Ja, da fällt mir jemand ein. Eine unserer Garderobieren ist zwar schon im Ruhestand, aber sie hilft immer noch aus. Sie ist ein wandelndes Lexikon.«

»Wie heißt die Frau?«

»Theresa Müller.«

»Ist sie heute im Haus?«

»Das kann ich Ihnen nicht sagen, aber ich gebe Ihnen die Nummer der Abendkasse, die wissen das.«

20.

Montag früher Abend Deutsche Oper am Rhein. Clemens betritt das Foyer der Düsseldorfer Oper. Nur vereinzelt kommen noch Besucher angehetzt. Er schaut sich um. Lange ist es her, dass er sich diesen Genuss gegönnt hat. Ihm fehlt einfach die Zeit. Das Gebäude aus den 1950er Jahren gehört zu den schönsten in Düsseldorf aus dieser Zeit. Auch innen finden sich noch viele originale Stilelemente wie die geschwungenen Treppen und die nierenförmigen Garderoben. Die Frauen hinter den breiten Holztresen haben sich zu einer Unterhaltung versammelt, nachdem die schweren Türen zum Saal geschlossen wurden. Der Hauptkommissar geht auf sie zu, stellt sich vor und bittet, mit Theresa Müller sprechen zu dürfen. Eine kleine Frau mit vielen Falten im Gesicht und weißem Haar löst sich aus der Runde und reicht ihm die Hand zur Begrüßung. Sein Vorschlag, sich ungestört zu unterhalten, vielleicht bei einem Glas Wein oder Wasser, wird schmunzelnd angenommen.

Die Bedienungen räumen die Gläser von den Stehtischen ab, bevor in der Pause wieder großer Andrang ist. Clemens bestellt zwei kleine Wasserflaschen, greift sich zwei Gläser und balanciert alles geschickt zu einer Sitzgruppe. Kaum haben sie Platz genommen und Clemens Frau Müller ein Glas Wasser eingegossen, berichtet er von seinem Anliegen. Er suche eine deutsche Balletttänzerin, die Anfang der 1980er Jahre als junge Frau in London ein Engagement bekommen habe, dort nach relativ kurzer Zeit sehr erfolgreich wurde und es bis zur Primaballerina geschafft habe. Erwartungsvoll schaut er Theresa Müller an.

»Ist sie von Düsseldorf aus nach London gegangen?«

»Das weiß ich leider nicht.«

»War sie am *Royal Opera House* Primaballerina?«

»Das kann ich Ihnen auch nicht sagen. Unsere Information

besagt lediglich, dass sie es später bis zur Primaballerina geschafft hat.«

Theresa Müller denkt angestrengt nach. »Wissen Sie, es gab und gibt immer mal wieder herausragende deutsche Tänzerinnen und Tänzer, doch viele von Weltruf sind aus Russland, Amerika oder Frankreich, auch aus den skandinavischen Ländern. Selbst hier bei uns in Düsseldorf besteht das Ensemble zu siebzig Prozent aus Tänzern anderer Nationalitäten.«

Clemens lässt die Garderobiere erzählen, nur selten unterbricht er, denn sie scheint durch das Plaudern der Antwort näher zu kommen. Plötzlich leuchten ihre Augen auf.

»Ich glaube, ich weiß, wen Sie suchen. Dass ich da nicht eher drauf gekommen bin. Ihr Künstlername ist Anna Lopokova. Sie stammt aus Düsseldorf. Aber wie war ihr Geburtsname?«

»Was wissen Sie über sie?«

»Sie war einige Jahre in London. Doch erst in den späten 1980er Jahren gelangte sie zu Ruhm. Das Londoner Publikum muss ihr zu Füßen gelegen haben. Dann verschwand sie auf einmal von der Bühne und vom gesellschaftlichen Parkett. Es ging das Gerücht, sie sei schwer erkrankt.«

»Was ist aus ihr geworden?«

»Das weiß ich nicht.«

»Jemand, der so erfolgreich ist, muss doch vom Tanzen besessen sein?«

»Mit Sicherheit, bei der Schinderei.«

»Wenn sie nach Deutschland zurückgekehrt ist, vielleicht sogar nach Düsseldorf, dann wäre es doch nahe liegend, dass sie der Oper nicht den Rücken gekehrt hat.«

»Worauf wollen Sie hinaus?«

»Könnte es sein, dass Sie sie hier als Besucherin gesehen haben?«

»Menschen können sich sehr verändern, vor allem, wenn sie schwer krank sind. Ich bin nicht sicher, ob ich sie nach den vielen Jahren noch wiedererkennen würde.«

Der Hauptkommissar hat vorerst genug gehört und bedankt sich für das Gespräch. Während die beiden die Treppe zum Foyer hinuntergehen, hakt er nach: »An den Geburtsnamen können Sie sich nicht mehr erinnern?«

»Nein, leider nicht, aber ich glaube, es war kein seltener Name.« Theresa Müller legt den Kopf leicht schräg. »Es war ein kurzer deutscher Name.« Doch dann schüttelt sie den Kopf. »Nein, ich komme einfach nicht drauf.«

Kaum hat Clemens die Oper verlassen, holt er sein Handy aus der Manteltasche und ruft Hendrik an. Er bittet ihn, im Melderegister der Stadt nach einer Anna Lopokova zu suchen, das sei zwar der Künstlername, aber sobald der offiziell beantragt und genutzt würde, stünde er auch im Pass, und das dürfte bei der Tänzerin der Fall gewesen sein.

»Und schau mal, was du sonst noch über diese Frau herausfindest. Ich bin sicher, sie ist der Schlüssel, nach dem wir suchen.«

Clemens, der seinen Porsche in einer Parkbucht vor der Altstadtwache abgestellt hat, hofft inständig, als er die Heinrich-Heine-Straße überquert, dass man ihn nicht schon abgeschleppt hat. Von Weitem erkennt er einige Kollegen der Wache, die um sein Auto herumstehen.

»Entschuldigung, aber es war ein Notfall.« Schon zückt er seinen Dienstausweis. Mit Begeisterung wird er nicht empfangen, nur ein herablassendes Kopfschütteln bekommt er mit auf den Weg, als er schnell einsteigt und zum Präsidium zurückfährt.

Die Flure sind in grelles Neonlicht getaucht, die kleinen Fenster wirken wie dunkle Löcher. Die Stille wird nur durch das Klackern der Wischmops gestört, das immer dann entsteht, wenn die Putzfrauen die Richtung ändern. Vorsichtig geht Clemens über das feucht glänzende Linoleum. Die meisten Büros sind schon verlassen, nur bei Hendrik und Christian brennt noch Licht.

»Hast du schon was?«, fragt er bei Hendrik nach.

»Nein, so schnell geht das nicht. Morgen früh vielleicht.«

»Haben die anderen sich gemeldet?«

»Nein.«

Clemens geht weiter und schaut bei Christian auf der Heide herein, der gerade Papiere aus dem Fax nimmt.

»Hat sich bei dir etwas getan?«

»Das hier ist eben aus Australien gekommen.« Christian hält die Seiten in die Höhe. »Moody macht die Nacht zum Tag. Bei dem dürfte es vier Uhr morgens sein.«

»Und?«

Christian überfliegt die Seiten. »Er hat acht Namen aufgelistet: Zwei Schüler sind mittlerweile verstorben, einer lebt in Australien, einer in den USA, drei in London und einer in Deutschland. Bis auf einen Schüler alles ältere Männer, nur der aus Deutschland ist wesentlich jünger, ungefähr Anfang Dreißig.«

Clemens' Puls beschleunigt sich.

»Der hat erst vor zwei Jahren seine Ausbildung bei Moody gemacht. Zu dumm, Moody weiß nur seinen Vornamen: Stefan.«

Clemens fährt sich mit der Hand übers Kinn, nimmt die Seiten von Christian entgegen und überfliegt sie. Die Balletttänzerin hat Moody 1980 im Frühjahr tätowiert. Wie er aus den handschriftlichen Notizen entnehmen kann, war sie zierlich, zart, aber resolut, eine beeindruckende Frau von einnehmendem Wesen, die trotz ihres jungen Alters – Moody schätzt sie auf damals Anfang Zwanzig – genau wusste, was sie wollte.

Clemens' Handy vibriert, das er zuvor in der Oper lautlos gestellt hat. Maria informiert ihn, dass die Obduktion abgeschlossen ist, keine neuen Erkenntnisse. Die Todesursache habe sich bestätigt, ebenso der Todeszeitpunkt, ohne ihn weiter eingrenzen zu können.

»Gut, wir sollten jetzt Schluss machen. Es ist wieder recht spät geworden und morgen müssen wir fit sein. Sagst du kurz Steinbeißer, Sonja und Florian Bescheid? Wir treffen uns morgen um sieben Uhr.« Dann beendet er das Gespräch.

Clemens verabschiedet sich von Christian, geht schnell in sein Büro, greift sich die Phantombilder, schaltet seinen Computer aus und verlässt das Präsidium.

Ein kalter Wind bläst ihm entgegen. Mit raschen Schritten, hochgeklapptem Mantelkragen und Schal über dem Mund erreicht er den Hafen. Sein Büdchen strahlt hell in der Dunkelheit und auf einmal verspürt er Hunger.

›Kein Wunder. Was habe ich heute eigentlich gegessen? Ein Croissant. Das Brötchen aus der Kantine liegt immer noch unangetastet auf meinem Schreibtisch.‹

»Gibt es bei dir noch was zu essen?«, fragt er Olli ohne Begrüßung.

»Ja, du kannst noch was haben«, antwortet der freundlich.

»Was gibt es denn?« Clemens schaut interessiert in die Auslage.

»Bockwurst mit Brötchen, Frikadelle oder ein kaltes Schnitzel, dazu wahlweise Gurken- oder Bohnensalat.«

»Selbst gemacht?«

»Das Schwein habe ich selbst geschlachtet und die Bockwurst eigenhändig in die Pelle verfrachtet.«

»Sehr witzig.«

»Du weißt doch, Frikadellen und Salate sind immer selbst gemacht«, reagiert Olli leicht beleidigt.

Clemens ist unschlüssig. Er hat sich fest vorgenommen: keine Pommes mehr, keine Bratwurst, keine Bockwurst und auch Frikadellen sind zu kalorienhaltig.

»Ich hätte da noch etwas, aber wirklich nur für gute Kunden. ›Kappes met wat dren‹.«

»Bitte was hast du?«

»Mensch, als echter Düsseldorfer musst du das doch kennen. Und wenn nicht, dann ist das sowieso viel zu schade für dich.«

»Irgendwas mit Kohl?«, versucht Clemens Olli zu besänftigen.

»Kohlrouladen, und die kann ich dir mit Kartoffeln servieren.«

»Prima, die nehme ich, und dazu bitte ein Glas Chardonnay.« Auf dem Weg zum Stehtisch dreht er sich noch mal um. »Sag mal, seit wann hast du richtig warme Küche?«

Olli grinst. »Immer schon, aber du hast ja nie gefragt. Soll ich dir für abends etwas reservieren?«

»Das ist nett von dir, aber manchmal gehe ich auch woanders hin. Machen wir es doch einfach so, wenn du noch etwas hast, ist das prima, wenn nicht, habe ich Pech gehabt.«

Kaum hat es sich Clemens auf dem Hocker bequem gemacht, den ersten Schluck Wein getrunken und die Phantombilder hervorgeholt, öffnet sich die Tür des Büdchens.

Alexander kommt auf ihn zu.

»War zum Essen verabredet, war aber nicht so ein toller Abend«, gibt sein bester Freund bereitwillig Auskunft. »Und dann dachte ich, vielleicht habe ich Glück und treffe dich hier an.«

Obwohl Clemens zu gerne wissen möchte, bei wem Alexander abgeblitzt ist, hält er es für ratsam, nicht nachzufragen.

»Und was hat sich bei dir getan?«

»Eine Menge. Noch eine Tote in Benrath und vielleicht morgen der Durchbruch in unserem Fall.«

»Wieder eine Inszenierung?«

»Ja. Diesmal saß sie auf einem Stuhl in einem entmieteten Wohnhaus und schaute aus dem Fenster. Wieder bekleidet mit einem Tellertutu, wieder die Eisblume als Tattoo im Nacken und wieder eine rote Rose, die aber auf dem Boden lag. Tja, und jetzt kommt es.« Clemens trinkt einen Schluck Wein. »Am Boden eine riesige Blutlache, in der ihre abgetrennten Füße standen.«

Alexander schaut Clemens schockiert an. »Wieso diese Verstümmelung, das passt doch gar nicht? Wir waren uns doch einig, dass es sich hier eben nicht um einen klassischen Sexualmord handelt, bei dem es zu derartigen Verstümmelungen kommen kann. Und um eine Zerlegung zwecks Beseitigung der Leiche kann es sich auch nicht handeln.«

»Da hast du vollkommen recht. Aber jetzt frage ich dich: Was ist für eine Balletttänzerin das Wichtigste?«

»Wieso Balletttänzerin?«

»Die Tote von heute war eine junge Balletttänzerin von der Düsseldorfer Oper.«

»Das Wichtigste dürften wohl die Füße sein.«

»Das sehe ich auch so.«

»Du hattest von Anfang an den Verdacht, dass die Morde in Zusammenhang mit dem Ballett stehen.«

»Ja, aber wie motiviert?«

Olli bringt einen Teller mit zwei dampfenden Kohlrouladen an den Tisch. Clemens legt die Phantombilder zur Seite, die er die ganze Zeit in der Hand gehalten hat, als wenn er sich daran festhalten wollte.

»Was hast du da?«

»Phantombilder, einmal von drei Männern, die meinen Kollegen im EnVogue aufgefallen sind, und dann von einem Mann am Bühneneingang, der drei Balletttänzerinnen der Oper merkwürdig vorkam.«

Alexander schaut Clemens an, der mit den Schultern zuckt. Ein klares Anzeichen dafür, dass sein Freund heute am liebsten nicht weiter über den Fall reden möchte.

»Zeig mal her.«

Clemens probiert ein Stück Kohlroulade. Erwartungsvoll schaut Olli zu ihm herüber. Er dreht sich zum Büdchenbesitzer um. »Du, die sind prima!« Und schon hat er das nächste Stück auf der Gabel.

Plötzlich bellt in Clemens' Brusttasche ein Hund. Olli schrickt zusammen und Alexander verdreht die Augen.

»Nur eine SMS«, lautet sein kurzer Kommentar. Und schon wieder bellt es. Unbeeindruckt schiebt er sich ein weiteres Stück Kohlroulade in den Mund, als sich erneut der Hund meldet.

»Schau doch mal nach, wer das ist«, fordert Alexander seinen Freund auf.

Dieser legt das Besteck beiseite, holt das Handy aus der Brusttasche seines Hemdes und blickt auf das Display. »Maria, Hendrik und Christian.«

»Und was wollen die?«

Clemens schaut sich die Textnachricht an. »Die schicken mir alle neue Klingeltöne«, rutscht es ihm entgeistert heraus.

»Gib mal her!« Und schon greift sich Alexander Clemens' Handy. Meeresrauschen ist zu hören, dann ein konventioneller Klingelton und zuletzt glucksendes Kindergelächter.

»Scheint so, dass dein startendes Flugzeug nicht nur mir auf die Nerven geht«, kommt es lachend von ihm.

Clemens zuckt nur mit den Schultern und widmet sich erneut seinem Essen.

Nachdem Alexander seinem Freund das Handy zurückgegeben hat, betrachtet er intensiv die Computerausdrucke. Nach wenigen Minuten bemerkt er: »Die Bilder sind sehr schlecht, aber schau mal, die beiden hier könnten gut ein und dieselbe Person sein.«

»Findest du?« Clemens legt erneut das Besteck zur Seite und reibt seine müden Augen.

»Der gleiche Typ Mann, sehr schlank, fast schon leptosom. Und schau hier, der zurückliegende Haaransatz ist bei beiden Bildern angedeutet.«

»Stimmt. Die lasse ich morgen von den Kriminaltechnikern am Computer übereinander legen.«

21.

Dienstag früher Morgen Polizeipräsidium. Clemens betritt das Büro von Hendrik Flemming. Bis auf seinen Recherche-experten sind alle Kollegen anwesend und stehen mit ihren Kaffeebechern zur Morgenbesprechung bereit.

»Wo ist Hendrik?«

Ein Achselzucken, mehr bekommt er nicht als Antwort. Plötzlich stürmt Hendrik ins Büro. Die Haare stehen in alle Richtungen ab, er hat tiefe Schatten unter den Augen und ist unrasiert. Eine Schlaffalte ziert seine linke Wange.

»Was ist denn mit dir los?« Clemens ist sichtlich amüsiert.

»Du siehst bestimmt auch nicht besser aus, wenn du nur zwei Stunden unruhigen Schlaf auf der Liege im Erste-Hilfe-Raum bekommen hast«, antwortet Hendrik ziemlich unwirsch. Dann greift er sich Marias Kaffeebecher, trinkt einen Schluck, verzieht angewidert das Gesicht und reicht ihr den Becher zurück.

Clemens betrachtet ihn ungläubig. ›Seit wann trinkt er Kaffee?‹

»Immerhin habe ich Neuigkeiten.« Hendrik hustet trocken, geht zu seinem Schreibtisch, greift sich die zuoberst liegenden Papiere und blättert sie durch. »Also, Eva Weiß und Anna Lopokova sind ein und dieselbe Person.«

»Eva Weiß, ist das nicht der Name von einer dieser Käuferinnen, die du noch nicht ausfindig machen konntest?«

»Ja, ja, aber hör erst mal nur zu«, antwortet Hendrik ungehalten. »Es war schwierig, das herauszufinden, da sie alles unter ihrem Künstlernamen abgewickelt hat, Krankenversicherung, Finanzamt, Autozulassung. Gemeldet war sie auch unter ihrem Künstlernamen, nur im Internet hat sie als Eva Weiß bestellt. Übrigens ist sie vor zwei Monaten verstorben, auch deshalb habe ich sie nicht finden können.«

Hendrik hebt müde eine Hand. »Ich weiß, da hätte ich eher drauf kommen können.«

»Schon gut«, winkt Clemens ab.

»Jedenfalls hat sie einen Sohn, Stefan Weiß, der aber noch nicht alle Formalitäten nach dem Tod seiner Mutter erledigt hat. Zumindest wissen wir, dass sie auf dem Friedhof in Itter beigesetzt wurde. Der Sohn ist weder bei ihr noch woanders in Düsseldorf gemeldet. Die bundesweite Anfrage läuft schon. Auf die Mutter ist ein neuer Golf angemeldet, noch nicht abgemeldet und auch noch nicht umgeschrieben. Die Adresse ihres letzten Wohnsitzes befindet sich in Holthausen, Bonner Straße. Ich habe mir das mal im Internet angesehen. Sie wohnte in einem vernachlässigten älteren Einfamilienhaus, eingeschossig und wahrscheinlich teilweise unterkellert. Direkt gegenüber ist eine Freifläche, die zu einem Gewerbegebiet ausgebaut werden soll.«

»Treffer!« Clemens kann nicht an sich halten. »Sofort diesen Stefan Weiß zur Fahndung ausschreiben. Rainer, bitte übernimm das. Haben wir ein Foto von ihm?«

»Die Anfrage bei den Bürgerbüros der Stadt ist raus.«

Clemens greift sich den Hörer von Hendriks Telefon, zieht an der immer noch verwickelten Schnur und wählt die Nummer von Pia Cremer. Er informiert sie knapp über den aktuellen Stand und erklärt: »Wir warten nicht auf den Durchsuchungsbeschluss. Es ist Gefahr in Verzug. Wir fahren sofort los.« Wie es scheint, hat die Oberstaatsanwältin keine Einwände. Der Hauptkommissar legt auf und schaut seine Kollegen an.

»Hendrik, wir brauchen zwei Streifenwagen. Und schau, dass wir erfahrene Leute bekommen, die sollen ihre Schutzwesten anlegen. Sonja, du benachrichtigst Hummel und Schoeller, die sollen sich bereithalten, aber erst dann losfahren, wenn ich es sage. Und beauftrage den Schlüsseldienst. Sonja und Florian, ihr unterstützt Rainer. Christian, du kommst mit uns.«

Dann zieht er die Ausdrucke der Phantombilder aus seiner Jackentasche und reicht sie Steinbeißer. »Bitte lass die von der Kriminaltechnik mal übereinander legen, und wenn du ein Bild von Stefan Weiß bekommst, reich denen das zum Vergleich nach.«

Kaum sind die Aufgaben verteilt, laufen Clemens, Maria und Christian die breite Treppe hinunter. Beim Pförtner lässt sich Maria die Schlüssel für einen der Dienstwagen geben, Clemens spricht sich rasch mit den Streifenpolizisten ab, die schon auf dem Parkplatz warten. Mit quietschenden Reifen verlassen die drei Einsatzfahrzeuge den Hof. Das eingeschaltete Martinshorn macht einen unglaublichen Lärm, auch im Inneren der Fahrzeuge. Das Blaulicht hingegen ist in den Autos kaum wahrzunehmen. Durch den Rheinufertunnel kommen sie zügig voran, erst auf der Völklinger Straße staut sich der Verkehr. Die meisten Fahrer geben die Straße sofort frei, doch einige stellen sich dusselig an und verzögern das schnelle Vorwärtskommen. Auf der Münchener Straße haben sie endlich freie Fahrt. Kaum haben sie die Bonner Straße erreicht, schalten die Fahrer das Martinshorn und das Blaulicht aus, bremsen leicht ab und kommen auf dem Bürgersteig vor dem Haus von Eva Weiß zum Stehen. Die drei Polizisten des ersten Streifenwagens springen heraus, laufen rechts einen schmalen Weg am Haus entlang und sichern die Rückfront des Gebäudes. Die drei des zweiten Einsatzfahrzeuges postieren sich am Hauseingang. Auf das Klingeln zeigt sich im Inneren des Hauses keine Reaktion. Auch das massive Klopfen von Clemens an der alten, hölzernen Haustür bleibt erfolglos. Die Kollegen auf der Rückseite melden sich über Funk. »Das Haus scheint verlassen.«

Der Hauptkommissar sieht sich um. Von dem Schlüsseldienst ist weit und breit nichts zu sehen. »Egal, aufbrechen«, gibt er klare Anweisung. Innerhalb von Sekunden hat die alte Tür dem kräftigen Tritt eines Polizisten nachgegeben. Mit gezogenen Pistolen betreten die drei Einsatzkräfte den dunklen Flur. Nacheinander sichern sie die Räume des Hauses und begeben sich dann eine steile Treppe hinab in den Keller. Noch bevor die Kollegen endgültig Entwarnung geben, betritt Clemens den Flur. Nach seiner Einschätzung wurde das Haus Ende des 19. Jahrhunderts erbaut, als sich im Düsseldorfer Süden eine Vielzahl von Industrieunternehmen ansiedelte:

Röhrenwalzwerke, Brücken- und Stahlbauunternehmen, Maschinenfabriken und natürlich auch *Henkel*. In Holthausen, Reisholz und in der Paulsmühle entstanden Arbeitersiedlungen. Das Haus scheint eines der wenigen zu sein, die noch nicht abgerissen wurden.

Clemens erreicht die Küche. Wie im Flur sind die groben Backsteine der Wände frisch geweißelt, der Boden besteht aus grauem PVC. Das wenige Licht von den kleinen Fenstern reicht aus, um einen alten Kohleofen zu erkennen, ein großes, in die Wand eingelassenes Waschbecken aus Emaille, einen alten Holztisch mit zwei Stühlen und eine mit Schnitzereien verzierte Anrichte. Lediglich die Waschmaschine in der hinteren Ecke stört die Zeitreise. Auf der anderen Seite des Flurs befindet sich ein kleiner Raum mit einem durchgesessenen Sofa und einem ebenfalls reich verzierten Schrank. Alles ist penibel aufgeräumt, sauber, aber ärmlich. Der Flachbildfernseher und ein Rollstuhl sind die einzigen Gegenstände, die nicht ins Bild passen. Clemens erreicht ein weiteres kleines Zimmer: ein schmales Bett, ein alter Kleiderschrank, eine Kommode. Interessiert betrachtet er die Fotografien, die in silbernen Rahmen auf der Kommode stehen. Das einzig Persönliche, was er bisher in diesem Haus entdecken konnte. Schnell streift er seine dünnen Gummihandschuhe über und greift nach dem ersten Bild. Es zeigt eine grazile junge Balletttänzerin auf der Bühne.

»Das ist Eva Weiß beziehungsweise Anna Lopokova.« Clemens zuckt zusammen, er hat Maria nicht kommen gehört. Auf einem anderen Foto ist ein kleiner Junge abgebildet, der voller Freude eine Zuckertüte in die Kamera hält.

»Das könnte Stefan Weiß sein.« Schon hält er das letzte Foto in den Händen. Es zeigt ein älteres Paar in schwarzer Kleidung. Clemens schätzt, dass es in den 1960er Jahren aufgenommen wurde.

»Ihre Eltern?«, fragt Maria.

Clemens schüttelt den Kopf. »Wohl eher ihre Großeltern.« Er stellt das Foto zurück. »Hast du schon Schoeller Bescheid gesagt?«

»Ja, der kommt gleich.«

Clemens wirft einen Blick durch die zwei Fenster des Schlafzimmers in den winzigen Garten. Auch hier ist alles akkurat in Ordnung gehalten, der Rasen, die Beete. Hinter der letzten Tür des Flurs befindet sich das Badezimmer, allem Anschein nach Ende der 1960er Jahre renoviert, wovon die mittelblauen, kleinen, quadratischen Fliesen zeugen. Die behindertengerechte Toilette und die Hebevorrichtung für die Badewanne sind neueren Datums. Der Spiegel des Hängeschranks über dem Waschbecken ist zersplittert. Clemens öffnet vorsichtig die Spiegeltür. Der Inhalt zeugt davon, dass unlängst noch zwei Personen in diesem Haus gelebt haben müssen. Kaum hat er das Badezimmer verlassen, kommt ihm Schoeller mit seinen Leuten entgegen.

»Schön, dass ihr so schnell kommen konntet«, begrüßt er den kleinen Kriminaltechniker. »Fangt am besten im Bad an. Zwei Zahnbürsten, ein Rasierapparat, eine Bürste und ein Kamm, das dürfte ausreichen für einen DNA-Abgleich von zwei Personen.« Schoeller nickt Clemens zu und schiebt seinen schweren Metallkoffer ins Bad.

Auf der Kellertreppe treffen sie Christian auf der Heide.

»Und?«, fragt Clemens.

»Bingo. Sieht so aus, als wenn wir den Ort gefunden haben, an dem die jungen Frauen gefangen gehalten wurden. Folgt mir.«

»Hier eine kleine Abstellkammer mit Vorräten.« Christian deutet mit der Hand nach links, geht aber schnell weiter und stößt die nächste Tür auf. »Und hier könnte dieser Stefan Weiß gewohnt haben.« Ein kleiner, dunkler Kellerraum, der nur durch einen schmalen Lichtschacht beleuchtet wird, mit Klappbett und Schrank. Christian öffnet die Schranktür. Auf einem einsamen Bügel hängt ein Tellertutu, noch eingeschweißt in Versandfolie. Darunter steht ein Paar neue Ballerinas.

»Das ist aber noch nicht alles. Schau dir mal den benachbarten Kellerraum an.« Dieser Raum, fast dreimal so groß wie der vorherige, ist fast leer. Ein schmales Klappbett, ein großer Spiegel an der Wand, dessen Schreibe ebenfalls zersplittert ist, eine Ballettstange, ein Eimer und in der Mitte des Raumes ein Holzstuhl, an dem Reste von Klebefolie hängen und dickere Paketschnüre.

Draußen zündet Clemens eine Zigarette an, inhaliert kräftig und pustet den Rauch weit von sich. Ein Polizist kommt auf ihn zu. »Wir haben uns in der näheren Umgebung umgesehen, aber nichts Außergewöhnliches festgestellt. Die Kollegen befragen die Nachbarn, aber ein Großteil ist nicht zu Hause.«

Maria schiebt sich gerade an der demolierten Haustür vorbei. »Was nun?«

Clemens blinzelt in den strahlend blauen Himmel und steckt sich eine zweite Zigarette an. »Wir sind wohl zu spät gekommen.«

»Ja, der ist ausgeflogen. Und nach dem Großaufgebot wird er bestimmt nicht mehr zurückkommen.«

»Da bin ich mir nicht so sicher. Das Tellertutu im Schrank wird er brauchen.« Clemens wirkt mitgenommen. »So etwas habe ich noch nie gesehen. Die Bude ist blitzsauber, da kann man glatt vom Boden essen, und zugleich so ärmlich. Kaum persönliche Sachen. Wartest du einen Augenblick? Ich will noch mal in den Kleiderschrank und die Kommode sehen.«

Nach wenigen Minuten kommt er zurück. »Damenunterwäsche und bequeme Hausanzüge. Und drei Ballettröckchen, die schon sehr abgegriffen sind.«

Dann reicht er Maria ein Fotoalbum. »Das lag auch in der Kommode, sollten wir uns nachher in Ruhe ansehen.«

Sie schlägt das Album auf und blättert es flüchtig durch. Fotos von Bühnenauftritten, von Empfängen und Partys reihen sich aneinander, unterbrochen von Zeitungsausschnitten aus der britischen Presse.

Christian auf der Heide gesellt sich zu ihnen. »Hier.« Er übergibt Clemens eine schwarze Kladde. »Das habe ich unter der Matratze in dem kleinen Kellerraum gefunden.«

Die Seiten sind eng mit einer kindlichen Handschrift beschrieben.

»Könnte das Tagebuch von Stefan Weiß sein«, vermutet der Oberkommissar.

»Ja, sieht ganz danach aus.«

Ein Kollege von der Streife kommt mit einer älteren Frau an seiner Seite die Straße herauf. »Ich habe Ihnen Frau Dahmen mitgebracht. Sie wohnt schon ihr ganzes Leben lang im übernächsten Haus und kann Ihnen eine Menge über ihre Nachbarin erzählen.«

Clemens und Maria blicken die etwas verhärmt aussehende alte Frau erwartungsvoll an.

»Ich kannte Eva Weiß schon als kleines Mädchen«, beginnt diese sogleich. »Sie hatte wahrlich kein einfaches Leben. Mit zehn hat sie ihre Eltern bei einem Autounfall verloren, die Großeltern nahmen sie auf. Sie wohnten hier in diesem Haus. Es waren einfache Leute, aber sie haben Eva unterstützt, wo sie nur konnten, und ihr die Ausbildung zur Balletttänzerin ermöglicht. Mit achtzehn Jahren schien sich das Blatt zum Positiven zu wenden und Eva bekam ihr erstes Engagement an der Düsseldorfer Oper. Es dauerte nicht lange, dann ging sie sogar nach London.« Die alte Frau lächelt traurig. »Die Großeltern waren so stolz auf ihre Enkelin, auch wenn Eva kaum noch zu Besuch kam. Einmal, daran kann ich mich gut erinnern, brachte sie einen kleinen Jungen mit, ihren unehelichen Sohn. Er blieb bei den Großeltern. Erst nach dem Tod der beiden, die kurz nacheinander starben, kehrte Eva zurück. Das war kurz vor der Jahrtausendwende. Doch die charismatische Tänzerin, von der die beiden immer erzählt hatten, war nur noch ein Schatten ihrer selbst. Sie muss damals schon schwer krank gewesen sein, ging am Stock und war sehr verbittert. Zwar grüßte sie immer, wenn sie mich traf, aber das war auch schon alles. Sie wollte keinen Kontakt.«

Clemens und Maria hören neugierig zu. »Es gab Zeiten, da schien es ihr besser zu gehen, dann wieder schlechter. Die letzten drei Jahre war sie auf den Rollstuhl angewiesen.« Frau Dahmen macht eine kleine Pause und fährt dann sichtlich bewegt fort: »Aber Sie müssen nicht denken, dass sie von jemandem Hilfe angenommen hätte, nein, dazu war sie zu stolz oder zu stur. Als dann gar nichts mehr ging, tauchte auf einmal ihr Sohn wieder auf, der schon vor Jahren das großelterliche Haus verlassen hatte.«

»Wie alt ist der jetzt ungefähr?«, will Clemens wissen.

»Der müsste Anfang Dreißig sein.«

»Wann tauchte er wieder auf?«

»Das war so vor zweieinhalb Jahren. Er hat sich rührend um sie gekümmert, gekocht, geputzt, eingekauft, halt den ganzen Haushalt gemacht und sie auch gepflegt.«

»Hatten Sie Kontakt zu ihm?«

»Nein. Obwohl er mich von kleinauf kannte, ging er mir aus dem Weg. Wenn ich ihm begegnete, hat er freundlich gegrüßt, auf Fragen hat er höflich, aber nur kurz geantwortet und sich dann gleich wieder abgewandt.«

»Wie wirkt er von seiner Persönlichkeit auf Sie?«, fragt Maria.

Frau Dahmen überlegt. »Irgendwie seltsam. Schon als Junge war er immer ernst und verschlossen, das hat sich nicht geändert. Aber auch ganz patent, wie er das alles hier gemeistert hat. Er war immer schon ausgesprochen schüchtern, aber auch wieder sehr dominant.«

»Hört sich irgendwie widersprüchlich an«, lautet Clemens' Kommentar.

»Ja, seltsam halt. Er hat sich aufopfernd um Eva Weiß gekümmert. Oft habe ich sie in ihrem Rollstuhl gut eingepackt im Garten gesehen, aber nie hat er mit ihr einen Ausflug gemacht, obwohl er doch ein Auto hat. Sie war stets nur im Haus oder bei gutem Wetter im Garten. Nie hat sie Besuch bekommen. Manchmal wurden die beiden auch laut. Verstehen Sie mich bitte nicht falsch. Ich will mir da kein Urteil erlauben. Wer nicht selber einen Menschen gepflegt hat, kann sich die permanente Belastung nicht vorstellen. Aber wirklich liebevoll ist er nicht mit ihr umgegangen.« Sie hält kurz inne. »Ihr hat es bestimmt an nichts gefehlt, aber er war nicht wirklich herzlich, er hat halt seine Aufgabe erfüllt.«

22.

Dienstagnachmittag Polizeipräsidium. Clemens betritt eilig sein Büro, den obligatorischen Espresso in der Hand, und drückt mit der anderen eine Tastenkombination am Telefon ein, um eingehende Telefonate auf Hendriks Apparat umzuleiten. Er schlägt die schwarze Kladde auf und beginnt konzentriert zu lesen. Immer wieder macht er sich Notizen oder schüttelt den Kopf. »Das kann doch nicht wahr sein. Mein Gott, der arme Junge.« Mehr ist nicht zu hören. Dann steht er abrupt auf, geht zum Fenster und schaut eine Weile auf den Parkplatz, bevor er wieder zu seinem Schreibtisch zurückkehrt, einige Seiten in der Kladde vorblättert und erneut Abschnitte liest.

Da beschreibt Stefan Weiß, wie er nachts frierend aufwacht. Das Bettzeug ist feucht und riecht unangenehm, seine Hose ist nass. Weinend geht er in das Schlafzimmer seiner Mutter und versucht, in ihr Bett zu klettern. Unsanft wird er aus dem Bett gestoßen. Als die Mutter ihn mit nasser Hose, nackten Füßen und tränenüberströmtem Gesicht vor sich stehen sieht, keift sie ihn an. »Hast du kleines Scheusal schon wieder in die Hose gemacht? Wenn das so weitergeht, schneide ich dir deinen kleinen Bullermann ab. Du bist zu nichts nutze und wie du stinkst. Geh zurück ins Bett und morgen will ich dich nicht sehen.« Die Nächte in dem klammen, feuchten Bett waren für den Fünfjährigen weniger schlimm als die Beschimpfungen seiner Mutter.

Etwas später berichtet Stefan Weiß von einer grandiosen Premiere seiner Mutter. Sie holt ihn unter nicht enden wollendem Applaus auf die Bühne, herzt ihn, streicht ihm liebevoll über den Kopf. Wie stolz er auf seine Mutter war. Doch nach wenigen Minuten gibt ihn seine Mutter eilig in die Obhut der Nanny. Stunden später, er hat schon tief und fest geschlafen, steht sie vor seinem Bett. Sie weckt ihn, beschimpft ihn als lästiges Anhängsel, als Hosenpisser, der nie in seinem Leben etwas erreichen wird. Der jetzt schon ein Versager ist, so wie sein Vater.

Clemens greift zu seinem Espresso, der mittlerweile kalt geworden ist. Kaum hat er die Umleitung aufgehoben, klingelt es. Er zuckt zusammen, dann nimmt er das Gespräch an. Aufmerksam hört er zu. Kurz darauf betreten Maria und Steinbeißer sein Büro.

»Und?«

Clemens reibt sich über die Stirn. »Das war Schoeller. Der ist ganz begeistert vom Tatort.«

»Kannst du dich mal etwas klarer ausdrücken?« Maria ist nervös. Der Fall nimmt sie sehr mit.

»Obwohl das Haus von Eva Weiß intensiv gereinigt wurde, hat Schoeller massenhaft Spuren gefunden. Zahnbürsten, Rasierapparat, Kamm und Bürste haben eindeutiges DNA-Material geliefert: Der junge Mann ist der leibliche Sohn von Eva Weiß, das hat die materiale Linie der DNA erbracht. Und die DNA von Stefan Weiß ist identisch mit der Fremd-DNA an den Leichen unserer Opfer. Stefan Weiß ist also unser Mörder. Abgesehen von einigen Mischspuren hat Schoeller im größeren Kellerraum DNA-Spuren von Natalie Zimmermann, Julia Bäumler und Camille Berger gefunden. Sie wurden also dort gefangen gehalten, möglicherweise sind sie auch dort zu Tode gekommen. Das kann uns Schoeller aber zum jetzigen Zeitpunkt noch nicht mit Sicherheit bestätigen.«

»Hört sich gut an«, erwidert Maria.

»Ich kann nicht mit so positiven Ergebnissen aufwarten«, mischt sich Steinbeißer ein. »Die Hausbefragung in Benrath hat absolut nichts gebracht. Niemandem ist in dem verlassenen Haus etwas aufgefallen. Und die Fahndung läuft auf Hochtouren. Das Auto von Eva Weiß haben wir noch nicht gefunden und alle Polizeistreifen sind mit einem Bild von Stefan Weiß ausgestattet. Es ist zwar schon drei Jahre alt, aber besser als gar nichts. Und es zeigt Ähnlichkeiten mit zwei Phantombildern.«

»Hast du es dabei?«

Steinbeißer zieht das Foto umständlich aus der Gesäßtasche seiner verbeulten Jeans und reicht es Clemens.

»Mich laust der Affe«, braust der auf. »Das ist der Mann, der mich im EnVogue angerempelt hat. Scheiße. Das erste Phantombild hatte schon eine Ähnlichkeit mit diesem Kerl erahnen lassen.« Eine Zornesfalte bildet sich über seiner rechten Augenbraue. »Mein Gott, wir hätten ihn nur greifen müssen und zwei Frauen würden noch leben!« Clemens kann sich kaum beruhigen.

»Das konnten wir doch nicht ahnen.«

»Natürlich konnten wir das nicht wissen, aber es ist doch ungeheuerlich. Ich hätte nur meine Hand ausstrecken müssen.« Er erhebt sich und geht unruhig umher. »Wir hätten uns intensiver mit den Phantombildern beschäftigen müssen.« Er fährt sich mit der Hand durch seine Locken, dann blickt er Maria und Steinbeißer an. »Ich habe das Tagebuch von Stefan Weiß fast ganz gelesen. Es ist furchtbar, wie seine Mutter ihn behandelt hat. Kein Wunder, dass der so durchgeknallt ist.«

»Was schreibt er denn?«, fragt Maria.

»Kurze Episoden aus seiner Kindheit, an die er sich erinnern kann. Seine Mutter scheint unberechenbar gewesen zu sein. In der Öffentlichkeit eine Diva, die liebevoll zu ihrem Sohn ist. Oder sagen wir es so: Sie beherrschte die Rolle der liebenden Mutter bestens. Waren sie aber unter sich, dann war sie eiskalt, hat ihn nur beschimpft und gedemütigt. Vielleicht schaust du dir später ein paar Textpassagen an.«

Steinbeißer unterbricht erneut. »Die Oberstaatsanwältin stellt sich quer. Sie will das Foto von Stefan Weiß nicht zur Veröffentlichung in den Medien freigeben. Sie befürchtet eine Panik oder sogar eine Hetzjagd.«

Ehe Clemens etwas sagen kann, steht Pia Cremer im Türrahmen.

»Ganz genau. Das ist mir zu heikel. Hier geht es nicht um irgendeinen Betrüger oder Ladendieb, sondern um einen Serienmörder. Mit der Veröffentlichung des Bildes können wir Unabsehbares lostreten.«

»Da gebe ich Ihnen Recht, aber darüber sollten wir gleich sprechen, vielleicht gibt es noch andere Möglichkeiten.«

»Hendrik hat den Hausarzt von Eva Weiß ausfindig gemacht, der bestätigt einen natürlichen Tod, ist aber nicht bereit, weitere Auskunft zu geben, und verschanzt sich hinter seiner ärztlichen Schweigepflicht«, berichtet Maria.

»Können wir die nicht aushebeln?« Clemens schaut Pia Cremer fragend an.

»So einfach ist das nicht. Nach § 203 Absatz 4 des Strafgesetzbuches besteht die ärztliche Schweigepflicht auch über den Tod des Patienten hinaus.«

»Das weiß ich auch«, kommt es gereizt von Clemens. »Aber Sie können ihn davon entbinden, denn nach § 138 des Strafgesetzbuches besteht eine Offenbarungspflicht, wenn eine schwerwiegende Straftat geplant wird, die anzeigepflichtig ist. Und damit haben wir es hier ja wohl zu tun.«

Die Oberstaatsanwältin winkt ab. »Ich werde mich mit dem Arzt in Verbindung setzen. Wenn er sich aber stur stellt, habe ich in diesem Fall keine Handhabe.«

»Wieso?« Auch Maria ist sichtlich wütend.

»Es besteht kein kausaler Zusammenhang zwischen der Erkrankung der Mutter und den Taten des Sohnes. Wie soll ich da argumentieren? Dass wir nur mit dem Wissen über die Diagnose der Mutter weitere Straftaten verhindern können?«

»Das dürfte der falsche Ansatz sein«, überlegt Clemens. »Und was ist, wenn wir den Verdacht ins Spiel bringen, Eva Weiß sei keines natürlichen Todes gestorben?«

»Den Verdacht gegenüber dem Arzt zu formulieren, der den Totenschein ausgestellt hat, ist nicht unbedingt zielführend«, erwidert Pia Cremer.

»Wir wissen alle, dass niedergelassene Ärzte sich aus unterschiedlichen Gründen mit der äußeren Leichenschau schwertun, da muss keine absichtliche Verschleierung vorliegen, sondern einfach Überforderung. In zehn Prozent der Fälle, die im Krematorium nachbesichtigt werden, ist die Todesart bei der ersten Leichenschau falsch klassifiziert. Umso wichtiger zu erfahren, ob die Erkrankung von Eva Weiß zwangsläufig zum Tode führen musste, denn sie war ja erst Mitte Fünfzig«, entgegnet Clemens.

Pia Cremer gibt sich geschlagen. »Ich versuche, gleich einmal den Arzt zu erreichen, vielleicht kann ich ohne juristische Schritte etwas bewirken.« Und schon ist sie verschwunden.

»Was gibt es sonst noch?«, nimmt Clemens den Faden wieder auf.

»Das Haus von Eva Weiß.« Steinbeißer schaut auf die Uhr. »Es wird seit fünf Stunden observiert, rund um die Uhr, bis auf Widerruf.«

»Gut. Und was machen wir jetzt mit der Veröffentlichung?«

»Und wenn wir ihn als wichtigen Zeugen suchen?«, überlegt Maria laut.

»Das geht auch nicht. Viel zu riskant, dadurch gefährden wir die Bevölkerung. Du weißt ja nicht, wie der reagiert, wenn er angesprochen wird«, gibt Steinbeißer zu bedenken.

In diesem Moment taucht Jochen Mönnekes auf. Der Pressesprecher ist sichtlich aufgebracht. »Die Presse lässt sich nicht mehr hinhalten. Wir müssen die Karten auf den Tisch legen.«

»Wir haben schon zwei Pressekonferenzen abgehalten, da können sich die Journalisten nicht über eine fehlende Kommunikation beschweren«, erwidert Clemens ruppig, dem der Auftritt von Mönnekes ungelegen kommt.

»Ja, zwei Pressekonferenzen, aber mit so gut wie keinen Informationen. Da haben Sie sich jedes Mal elegant aus der Affäre gezogen.«

»Sie wissen genau, dass aus ermittlungstechnischen Gründen nichts über das Täterwissen nach außen dringen darf.« Clemens erhebt seine Stimme.

Den Wortwechsel zwischen dem Hauptkommissar und seinem Pressesprecher hat Pia Cremer mitbekommen, die gerade wieder das Büro betreten hat, doch sie ignoriert das Geplänkel. »Der Arzt hat mir Auskunft gegeben, widerwillig und nicht sehr umfassend, aber für uns reichen die Informationen aus. Eva Weiß muss mit Ende Zwanzig an Multipler Sklerose erkrankt sein, und zwar an der seltenen malignen Form.

Hier sind die Schübe und der Krankheitsverlauf wesentlich stärker, die Behinderungen gravierender. Diese sogenannte Marburg-Variante führt zum Tod. Bei Eva Weiß haben diverse Therapien über die Jahre relativ gut angeschlagen, sonst wäre sie noch viel früher verstorben. Der Arzt beteuert, die Leichenschau sehr gewissenhaft durchgeführt zu haben. Da der Leichnam eingeäschert wurde – das habe ich gerade bei Flemming in Erfahrung gebracht –, wurde er durch einen Rechtsmediziner nachbesichtigt.«

»Wer ist Eva Weiß?«, fragt Mönnekes fordernd, der ahnt, dass er in diesem Fall nicht mehr auf dem Laufenden ist.

»Wir wissen, wer der Täter ist, und Eva Weiß ist die verstorbene Mutter des Mörders«, erklärt Clemens knapp.

»Schön, dass ich das auch erfahre«, kommt es schnippisch vom Pressesprecher.

Clemens lässt sich nicht beirren. »Zurück zur Veröffentlichung des Fotos von Stefan Weiß.«

Mönnekes unterbricht ihn. »Natürlich sofort veröffentlichen. Nur mit der Presse zusammen haben wir eine Chance, ihn zu finden.«

»Eben nicht! Ich will keine Panik und keine Hetzjagd. Das müssen wir anders lösen.« Resolut wendet sich Pia Cremer von dem Pressesprecher ab und schaut den Hauptkommissar herausfordernd an. Bevor der Pressesprecher etwas sagen kann, wirft Clemens eine weitere Idee ein.

»Was ist, wenn wir ihn als dringend tatverdächtig im Zusammenhang mit dem ersten Mord suchen lassen? Über den zweiten Mord wurde zwar berichtet, aber aufgrund fehlender Details hat die Presse nur sehr spekulativ einen Zusammenhang hergestellt, und der dritte Mord ist noch nicht kommuniziert.«

Pia Cremer spielt mit ihrer Perlenkette. »Das wäre eine Möglichkeit. Und es ist eine Chance, ihn zu finden. Herr Steinbeißer, ist Stefan Weiß in Deutschland gemeldet?«

»Nein, die bundesweite Abfrage hat nichts erbracht. Flemming hat sich mit den Kollegen in London in Verbindung gesetzt. Dort hatte er bis vor zweieinhalb Jahren seinen Wohnsitz. Auf weitere Informationen zur Person wartet er aber noch.«

»Also, seit über zwei Jahren untergetaucht«, stellt Pia Cremer kopfschüttelnd fest.

23.

Dienstag später Abend Hafen. Auf dem Weg nach Hause hat Clemens über Handy Alexander angerufen. Er konnte ihn überreden, auf ein Glas Wein zu Olli ins Büdchen zu kommen. Eigentlich wollte sich sein Freund einen gemütlichen Fernsehabend machen, was bei ihm selten vorkommt, aber die neueste Entwicklung in dem Fall hat seine Neugierde geweckt.

»Was gibt es denn heute Gutes auf deinem Speiseplan?« Clemens lugt hungrig in die Auslage.

Wortlos schiebt der Büdchenbesitzer dem Hauptkommissar erst einmal ein Glas Chardonnay über den Tresen, dann hebt er in aller Ruhe die Deckel von seinen Töpfen.

»Noch gibt es jeweils eine Portion ›Ähzezupp met Flöns‹ und ›Hammelfleisch en Ald met jröne Bunne‹.«

»Ich nehme ›Hammelfleisch en Ald‹«, ertönt es vom Eingang her.

»Alexander, ich war zuerst da«, entrüstet sich Clemens, der die Stimme seines Freundes sofort erkannt hat.

»Das dauert mir zu lange. Olli muss dir ja erst erklären, was das ist«, erwidert Alexander grinsend.

»Nein, nein. Ich weiß das schon. Eine Erbsensuppe mit gebratener Blutwurst und ein Eintopf mit Hammelfleisch in Altbier mit grünen Bohnen«, belehrt Clemens ihn prompt.

»Hast du ihm Nachhilfe in Düsseldorfer Platt gegeben oder woher weiß mein Freund das?«, fragt Alexander amüsiert.

Olli rettet die Situation, indem er Alexander ein Glas Chardonnay reicht und kurz darauf zwei dampfende und appetitlich duftende Terrinen auf dem Stehtisch abstellt.

»Ihr werdet euch schon einig werden«, lautet sein knapper Kommentar.

Alexander blickt Clemens an. »So begierig wie du schaust,

überlasse ich dir das Hammelfleisch. Du scheinst ja heute noch nichts bekommen zu haben.«

Clemens lächelt, zieht die Terrine mit dem Eintopf zu sich heran und greift nach einem Stück Baguette. Olli grinst breit. Den zwei Genießern scheint es gut zu schmecken, so konzentriert und schnell, wie sie die Schüsseln leeren. Nachdem sich Clemens den Mund mit der Serviette abgewischt und Alexander seinen letzten Löffel Erbensuppe in den Mund geschoben hat, beginnt Clemens, von Stefan Weiß zu berichten.

»Wir haben sein Tagebuch gefunden. Was er da an Verletzungen und Demütigungen beschreibt, die ihm durch seine Mutter zugefügt wurden, lässt selbst einen hartgesottenen Ermittler nicht kalt.« Er trinkt sein Glas leer. »Und du hattest Recht. Er ist auf der Suche nach seiner Braut.« Clemens schaut zu Olli herüber und hält seine Zigarette in die Höhe. Eigentlich ist das Büdchen rauchfreie Zone. Da sie aber gerade die einzigen Gäste sind, lässt sich Olli erweichen und öffnet die Oberlichter.

»Erst hat er sich junge Tänzerinnen im EnVogue gekrallt, dann eine Debütantin des Ensembles der Düsseldorfer Oper. Was macht er als Nächstes?«

Alexander denkt nach. »Für ihn muss es eine weitere Steigerung geben.«

»Ja, aber wie sieht die aus?«

»Das fragst du mich?« Alexander holt sein iPad aus der ledernen Umhängetasche. »Dann wollen wir mal sehen.«

»Was hast du vor?«

»Düsseldorf ist nicht nur Modestadt, sondern auch Sportstadt und Kunststadt. Wenn du ein bisschen recherchierst, wirst du sehen, dass die Tanzkultur ebenfalls großgeschrieben wird. Es gibt unzählige Veranstaltungen.«

»Wir brauchen aber etwas, was das Ballett der Düsseldorfer Oper toppt.«

»Das ist relativ. Wenn du dich vom künstlerischen Anspruch oder dem akademischen Renommee entfernst und nur nach der größtmöglichen Publicity suchst, bist du schnell bei ›Holiday on ice‹.«

»Schön und gut, aber haben wir das in Düsseldorf?«

»Hast du nicht die großen Plakate gesehen, die über die ganze Stadt verteilt sind?«

Clemens schüttelt den Kopf.

»Lass mal schauen.« Mit flinken Fingern huscht Alexander über sein iPad.

»Hier.« Er reicht seinem Freund das kleine Tablet. »Das neue Programm heißt ›Festival‹, es geht um einen Maskenball in Venedig, die Musik ist von Phil Collins.«

Clemens starrt auf den Bildschirm. »Die Vorstellungen finden in der *Mitsubishi Electric Halle* statt, also in der früheren Philipshalle. Und zwar morgen, Donnerstag und Freitag.«

»Das könnte ein Ansatz sein. Aber lass uns mal weitersuchen, ob wir sonst noch etwas haben, das in Frage kommt.«

Alexander gibt erneut Suchbegriffe ein. Nervös trommelt Clemens mit seinen Fingern auf die Tischplatte und hört erst damit auf, als Alexander ihn vorwurfsvoll anschaut.

»Die einzige Vorstellung, die für unseren Täter außerdem noch interessant sein könnte, findet morgen im *Tanzhaus NRW* statt. Hier präsentiert sich eine Auswahl von Tänzern des Bolschoi-Theaters mit ›Black Swan pas deux‹. Und jetzt kommt es: mit Maria Alexandrova.«

»Maria Alexandrova?« Clemens schaut Alexander verständnislos an.

»Ballett war noch nie deine Stärke«, kann sich sein Freund nicht verkneifen. »Die tanzt in der ersten Liga. Dass sie hier gastiert, und noch dazu im *Tanzhaus NRW,* ist eine Sensation.«

Clemens dreht sich zu Olli um und bestellt noch zwei Gläser Wein.

»Aber da wird es doch bestimmt sehr gute Sicherheitsvorkehrungen geben?«

»Bei ›Holiday on ice‹ bestimmt, aber im *Tanzhaus NRW* bin ich mir nicht sicher. Setz dich doch einfach mit den Veranstaltern in Verbindung. So wie du den Täter beschrieben hast, ist der nicht dumm und kennt sich wahrscheinlich hinter der Bühne aus.«

»Du meinst, er sitzt nicht im Publikum, sondern versucht, hinter die Bühne zu gelangen?«

»Wenn er es auf Maria Alexandrova oder die Hauptdarstellerin von ›Holiday on ice‹ abgesehen hat, kannst du davon ausgehen. Ist die Veranstaltung erst einmal vorbei, wird es für ihn sehr schwierig, an die Frauen heranzukommen.«

»Gibt es Pausen?«, will Clemens wissen.

»Ich denke schon.« Wieder gleiten seine Finger geschickt über den Bildschirm.

»Beide Veranstaltungen haben eine Pause von gut zwanzig Minuten.«

»Auf welche Veranstaltung würdest du dein Augenmerk richten?«

»*Tanzhaus NRW*!«

»Wieso?«

»Hier tritt eine Ballerina von Weltrang auf.«

»Und bei ›Holiday on ice‹«?

»Die Stars hier sind beispielsweise Eiskunstläufer mit olympischen Medaillen wie Katharina Witt. Vor langer Zeit waren es Rudi Cerne und Norbert Schramm. Das hat wenig mit klassischem Ballett zu tun, erhält aber mehr Aufmerksamkeit.«

»Ich glaube nicht, dass unser Täter die große Aufmerksamkeit sucht. Dann hätte er sich anders verhalten«, gibt Clemens zu bedenken.

»Aber hinter der Bühne der Veranstaltungshalle ist es auch unübersichtlicher, anonymer. Immerhin sind bei ›Holiday on ice‹ mehr als zweihundert Akteure im Einsatz.« Alexander zögert. »Ehrlich gesagt, ich weiß es nicht.«

Hod schaut mit einem abfälligen Blick in das Büdchen. ›Du bist zu dumm, um die einfachste Aufgabe zu bewältigen. Du findest noch nicht einmal das Auto meiner Mutter. Wie willst du mich da finden, du dummer Kommissar?‹ Er lacht überheblich und schlendert die Hammerstraße Richtung Innenhafen davon.

24.

Mittwoch Nachmittag Polizeipräsidium. Clemens stößt die Tür des großen Besprechungsraumes auf, balanciert zwei große Thermoskannen und stellt sie auf dem Tisch ab. Maria verteilt die mitgebrachten Plastikbecher. Dann begrüßt der Hauptkommissar Pia Cremer und Otto Kreutz mit Handschlag und nickt dem restlichen Team zu.

»Wir haben hoffentlich einen erfolgreichen Abend vor uns«, startet er seine Ausführungen. »Bisher haben wir weder Stefan Weiß noch sein Auto ausfindig machen können. Da ich aber davon ausgehe, dass er weitermachen wird, stellt sich die Frage, wo er die nächste junge Frau abgreifen kann.«

»Sind Sie sicher, dass er sich trotz Großfahndung aus seinem Versteck wagt?«, fragt Pia Cremer nach.

»Ja. Dafür gibt es mehrere Anhaltspunkte. Erstens hat er die Frau, die er sucht, noch nicht gefunden. Er wird sie nie finden, weil keine in seinen Augen Bestand haben wird. Doch dessen ist er sich nicht bewusst. Zweitens fühlt er sich uns Ermittlern überlegen. Das sollen wir endgültig durch eine weitere Gefangennahme erkennen. Eine zusätzliche Herausforderung, die er sucht. Und drittens haben wir in dem Haus ein weiteres neues Tellertutu gefunden. Für mich ein Indiz, dass er weiter macht.«

»Wenn Sie meinen.« Pia Cremer ist nicht wirklich überzeugt. »Aber wo wollen Sie ihn suchen? Der kann doch überall und nirgends sein.«

»Wir haben sowohl eine Steigerung der Brutalität an den jungen Frauen als auch der Risikobereitschaft bei der Präsentation der Leichen feststellen können. Zudem hat er sich von den tanzbegeisterten jungen Frauen einer richtigen Ballett-tänzerin zugewandt.«

»Und?«

»Ich bin der festen Überzeugung, dass er den Plan hat, direkt vor unseren Augen die nächste Frau zu entführen, und zwar eine Tänzerin der Spitzenklasse.«

»Steht das nicht im Widerspruch zu Ihrer Vermutung, dass er sich Ihnen überlegen fühlt? Dann müssten Sie ja erahnen, wo er die Tat plant?«

»Einen Widerspruch kann ich da nicht sehen. Vor unseren Augen muss ja nicht bedeuten, dass wir anwesend sind. Aber ich sehe eine Möglichkeit, dass wir das sogar schaffen.« Clemens schmunzelt. Er hat genau das Gegenteil von dem gesagt, was er eigentlich meinte. »Wir haben die Chance, ihn in Aktion festzunehmen.«

Bevor die Oberstaatsanwältin weitere Einwände vorbringen kann, berichtet Clemens weiter. »In Düsseldorf gibt es zurzeit zwei Veranstaltungen, die für uns interessant sind. Einmal ›Holiday on ice‹ in der *Mitsubishi Electric Halle*, heute, morgen und übermorgen, und heute, einmalig, ein Ballettabend im *Tanzhaus NRW* mit einem Teil des Bolschoi-Ensembles.«

»Und Sie wollen vor Ort sein?«

»Ja. Ein Team bei ›Holiday on ice‹ und ein Team im *Tanzhaus NRW*.«

»Sehr aufwendig«, unterbricht ihn Otto Kreutz.

»Mag sein, aber auch nicht aufwendiger als die Großfahndung, die bisher nichts erbracht hat.«

»Und wie willst du vorgehen?«, fragt der Kriminalrat.

»Ich habe schon mit dem Leiter der Security gesprochen. Bei beiden Veranstaltungen ist es das gleiche Unternehmen. Nur der Eingangsbereich wird abgesichert. Wir haben uns darauf verständigt, dass von jedem unserer Teams ein Kollege sich im Eingangsbereich aufhält und die anderen hinter der Bühne agieren.«

»Was brauchst du sonst noch an Unterstützung?«, will Kreutz wissen.

»Gut wäre es, wenn die Kollegen von der Schutzpolizei Bescheid wissen, um gegebenenfalls schnell vor Ort zu sein. Und natürlich brauche ich einen Haftbefehl. Es wäre auch von Vorteil, ein Sondereinsatzkommando zumindest in Rufbereitschaft zu haben und einen der Polizeipsychologen zu informieren.«

»Du willst also das große Aufgebot?«, seufzt Kreutz.

»Zumindest müssen die vorbereitet sein.«

»Du gehst also davon aus, ihn nicht alleine mit deinem Team festnehmen zu können?«, hakt er nach.

»Mensch, Otto, dir brauche ich doch nicht zu sagen, was alles passieren kann. Auch wenn wir hinter der Bühne sind, die Häuser sind voll mit Besuchern.«

»Genau. Du riskierst das Leben von Hunderten.«

Bevor Clemens antworten kann, springt ihm Steinbeißer bei. »Auch ich sehe keine andere Möglichkeit. Wir haben uns heute intensiv mit den räumlichen Gegebenheiten beschäftigt. Die Garderoben der Künstler liegen in beiden Häusern für uns strategisch günstig. Sie sind kompakt angeordnet und zur Bühne gibt es im *Tanzhaus NRW* nur einen Gang, in der *Mitsubishi Halle* sind es zwei. Das können wir bewältigen, falls unser Täter sich Richtung Bühne und Zuschauerraum bewegt.«

»Und wie hast du dir das vorgestellt?«, fragt Kreutz seinen Leitenden Hauptkommissar.

»Kollege Steinbeißer wird mit Christian auf der Heide und Sonja Melchior im *Tanzhaus NRW* sein. Ich bilde mit Maria und Florian das zweite Team in der ehemaligen Philipshalle. Hendrik hat Bereitschaft. Wir werden alle miteinander verkabelt sein, sodass wir uns ständig austauschen können.«

»So geht das nicht«, antwortet Kreutz knapp. »Wenn jeweils einer von euch sich auch noch im Eingangsbereich aufhält, seid ihr nur zu zweit. Viel zu wenige.« Kreutz schaut auf seine Uhr. »In einer Stunde habt ihr pro Team drei Kollegen an eurer Seite, die könnt ihr im Eingangsbereich und in der näheren Umgebung einsetzen.«

25.

Mittwoch früher Abend Polizeipräsidium. Das Foyer des Polizeipräsidiums ist bereits menschenleer. Nur wenige Kollegen arbeiten noch in ihren Büros. Clemens steht mit seinen Leuten im Eingangsbereich, der durch die Notbeleuchtung in ein diffuses Licht getaucht ist. Die sechs Kollegen von der Altstadtwache und von Mörsenbroich, die Kreutz zur Unterstützung angefordert hat, tragen bereits die dunkelblaue Arbeitskleidung des Security-Unternehmens.

»Also nochmal. Ziel ist es, den Täter noch vor Betreten des Veranstaltungshauses festzunehmen. Ihr habt alle Freiheiten, nur haltet das Risiko für die Besucher so gering wie möglich. Auch nach Beginn der Veranstaltung verlasst ihr den Außenbereich nicht, außer ihr habt einen begründeten Verdacht, dass der Täter schon eingedrungen ist. Dann bleiben trotzdem weiterhin zwei von euch draußen. Den Funkkontakt nur dann aktivieren, wenn es wirklich notwendig ist. Die Stimmen können trotz Knopf im Ohr auch von anderen wahrgenommen werden. Waffeneinsatz nur im äußersten Notfall. Ich gehe davon aus, dass unser Täter keine Schusswaffe hat, aber dennoch bewaffnet ist.«

Clemens schaut die Kollegen der Reihe nach an und verabschiedet sich von jedem Einzelnen mit einem Schlag gegen die hingehaltene Handfläche.

»Macht es gut und viel Glück.«

Mitsubishi Electric Halle Immer wieder sieht sich Clemens kaum merklich um. Die Besucher, die mit den Kommissaren in der Schlange stehen, sind erstaunlich geduldig, lachen, trinken das eine oder andere Bier. Man merkt ihnen die Vorfreude auf den Abend an. ›Viele junge Menschen‹, stellt der Hauptkommissar erstaunt fest. Sein Blick gleitet über die Gesichter der Wartenden, doch nirgends kann er Stefan Weiß ausmachen. Endlich passieren Clemens, Maria und Florian die Kartenkontrolle und biegen nach rechts zum Flur, der sie hinter die Bühne zu den Garderoben bringt. Kaum hat Clemens die breite Stahltür geöffnet, blendet ihn das Licht. Nach wenigen Sekunden haben sich seine Augen an die Helligkeit gewöhnt. Entsetzt betrachtet er das Hin- und Hergelaufe der Akteure in ihren phantasievollen Verkleidungen. ›Das hätte ich mir denken können. Maskenball in Venedig ist das Motto, hat Alexander gesagt.‹ Er flucht: »So ein Mist! Der braucht sich nur zu verkleiden und dann haben wir bei den vielen Vampiren, Geistern und dem höfischen Adel keine Chance.«

»Wie soll er sich denn ein Kostüm besorgen, die sind doch bestimmt schon längst an die Eiskunstläufer ausgehändigt«, erwidert Maria.

»Es gibt bestimmt Ersatzkostüme, aber egal, verteilt euch.«

Maria holt Block und Stift aus ihrer Tasche und hakt die Künstler auf ihrer Liste ab. Florian gesellt sich zu einer der Garderobieren, die noch schnell letzte Hand anlegt und an den Kostümen herumzupft. Clemens inspiziert die Garderoben.

Nach gut zwanzig Minuten sind die Eiskunstläufer auf dem Eis und die wenigen, die erst später ihren Einsatz haben, warten im Vorraum zur Bühne. Die Lampen im Garderobenbereich sind gedimmt. Die Kommissare bewegen sich leise und hochkonzentriert durch die Gänge und Räume.

Tanzhaus NRW Auch hier sind mittlerweile fast alle Tänzer auf der Bühne, nachdem sie sich mit Übungen aufgewärmt, ihre Stulpen abgelegt und noch etwas getrunken haben. Nur wenige stehen hinter dem Vorhang. Hinter der Bühne ist es still, nur verhalten dringt die Musik zu den Kommissaren durch. Steinbeißer, Sonja und Christian haben sich Plätze gesucht, von denen aus sie den besten Blick auf die Räumlichkeiten haben, die im Tanzhaus recht verwinkelt sind. Immer wieder schauen sie sich um und leuchten mit der Taschenlampe die Decke und die im Dunkeln liegenden Ecken aus.

Mitsubishi Electric Halle Nervös schaut Clemens auf seine Armbanduhr. In wenigen Minuten wird zum ersten Mal der Vorhang fallen. Dann geht der Trubel wieder los. Die Kollegen im Tanzhaus haben noch etwa zwanzig Minuten bis zur Pause. Er dreht erneut seine Runde, kommt an Maria vorbei, die ihm mit einer Handbewegung zu verstehen gibt, dass sich noch nichts getan hat. Auch Florian, der durch ein Fenster den Vorplatz im Auge hat, winkt ab.

Der überbordende Beifall lässt ihn zusammenfahren. Schon wird das Licht hochgefahren und die Eiskunstläufer kommen in Scharen von der Bühne, unterhalten sich, manche verschwinden in ihren Garderoben, andere ziehen ihre Schlittschuhschoner an, laufen zu den Toiletten oder greifen zu den Erfrischungsgetränken, die herumgereicht werden. Angestrengt schaut sich Clemens um, aber Stefan Weiß ist nirgends zu sehen.

Tanzhaus NRW Steinbeißer zuckt zusammen, als er eine Stimme in seinem Ohr vernimmt.

»Verdächtige Person befindet sich auf dem Dach des Anbaus, direkt über euch. Es sieht so aus, als wenn er durch ein Fenster einsteigen will, das zu den Toiletten führt. Zwei Kollegen sind hinter ihm her. Also höchste Konzentration.«

»Habt ihr ihn erkennen können?«

»Dem Foto nach scheint er es zu sein.«

Steinbeißer, Sonja und Christian rennen zu den Toiletten, ziehen ihre Pistolen aus den Schulterholstern und reißen parallel die drei Türen auf, die jeweils zu den Vorräumen führen, von denen die Einzelkabinen abgehen. Es ist niemand zu sehen. Während Sonja und Christian die Kabinen und Fenster kontrollieren, hören sie von nebenan ein lautes Scheppern. Gerade noch sehen sie eine Gestalt durch den langen Flur laufen. Während Sonja mit ihrer Waffe auf die Person zielt und »Sofort stehenbleiben!« ruft, rennt Christian los. Es fehlen nur wenige Schritte, um den Mann zu packen, da öffnen sich die breiten Türen und die Tänzer schieben sich eilig herein. Für Sekunden verlieren die Kommissare Stefan Weiß aus den

Augen. Ein Schrei, die Tänzer weichen zurück. Mitten unter ihnen steht Stefan Weiß, hält eine Tänzerin fest umklammert und drückt ihr ein Messer an die Kehle.

»Verschwindet!« Langsam rücken die Tänzer von dem Geiselnehmer ab und lassen sich von den Kommissaren in Richtung Bühne drängen. Sonja und Christian stehen dem Mörder der jungen Frauen gegenüber. Er hat die Tänzerin fest im Griff und hält sie wie einen Schild vor seinen Körper. Fieberhaft überlegt Christian, wie er sich verhalten soll.

»Herr Weiß, bitte beruhigen Sie sich. Wir werden schon eine Lösung finden«, spricht er ihn an.

Mitsubishi Electric Halle Clemens, der über Funk alles mitbekommen hat, fordert sofort das Sondereinsatzkommando an und verlässt mit Maria und Florian hektisch die Veranstaltungshalle. Hendrik, der in seinem Büro ebenfalls an die Funkschaltung angeschlossen ist, hat sofort mehrere Einsatzwagen zum Tanzhaus geordert.

Im Transporter der Polizei verständigen sich die drei. »Hat sich so angehört, als wenn er Steinbeißer außer Gefecht gesetzt hat.« Clemens schüttelt den Kopf. »Christian und Sonja dürften mit der Situation überfordert sein.«

Hendrik meldet sich bei Clemens über Funk. »Ich habe hier die Baupläne vom *Tanzhaus NRW* liegen. Die haben ein ziemlich verschachteltes Belüftungssystem, durch das man in alle Räume gelangen kann. Christian braucht Stefan Weiß nur vom Flur in eine der Garderoben zu locken, dann ist der erst einmal eingeschlossen und wir können uns eine Strategie ausdenken.«

Tanzhaus NRW Steinbeißer wankt mit gezogener Waffe und blutendem Kopf den Flur entlang. Nur für Sekunden sind Christian und Sonja abgelenkt, doch die reichen Stefan Weiß aus, die Tür einer Garderobe aufzureißen, die Tänzerin hineinzustoßen und die Tür von innen zu verbarrikadieren.

Sofort sichern Christian und Sonja den Bereich vor der

Garderobe. Steinbeißer, der nur eine große Platzwunde an der Stirn hat, gibt den beiden zu verstehen, vor der Garderobe die Stellung zu halten. Er wischt sich das Blut mit einem Taschentuch aus dem Gesicht und drückt ein zweites fest auf die Wunde. Dann geht er nach draußen, um mit den Security-Leuten die weitere Vorgehensweise abzusprechen.

Clemens und Maria treffen zeitgleich mit Flemming im *Tanzhaus NRW* ein. Die Evakuierung der Besucher, Tänzer und Musiker läuft auf Hochtouren, die Einsatzmannschaften haben das komplette Haus umstellt und das Sondereinsatzkommando wartet auf erste Anweisungen. Clemens bittet Maria, den Kontakt zu Stefan Weiß herzustellen und in Erfahrung zu bringen, welche Forderungen er hat. Gemeinsam mit dem Leiter des Sondereinsatzkommandos, einem kräftigen, durchtrainierten Mann mit hellgrauen Haaren und blauen Augen, lässt sich Clemens von Hendrik das System der Belüftungsschächte erklären.

»Die Schächte durchziehen das gesamte Flachdach des Anbaus und haben in fast allen Räumen eine Luke, so auch in dem Raum, in dem sich Stefan Weiß aufhält.«

»Sehen Sie eine realistische Chance, Ihre Männer da durchzuschleusen?«, fragt Clemens. Der Leiter des Sondereinsatzkommandos bestätigt.

»Gut, dann geben Sie mir Bescheid, sobald Ihre Männer sich oberhalb der Garderobe befinden. Der Lüftungsausstieg ist am Ende des Raumes. Wir haben Glück«, Clemens zeigt auf den Bauplan, »der Raum ist ein langgezogener Schlauch. Durch halbhohe Trennwände sind hier sieben Künstlerkojen nebeneinander angeordnet. Sie sind seitlich durch einen schmalen Gang zu erreichen. Der Geiselnehmer befindet sich derzeit noch im vorderen Bereich. Das heißt: Wenn Ihre Männer lautlos dort hinuntersteigen und wir Stefan Weiß an der Tür ablenken, könnte es klappen.«

Kaum hat Clemens die schwere Hintertür des Tanzhauses aufgestoßen, kommt ihm Maria entgegen.

»Wir haben ihm ein Handy hineingereicht, sodass du Kontakt mit ihm aufnehmen kannst. Er will nur mit dir sprechen. Und er hält sich für überlegen, wie du vermutet hast, das kannst du nutzen.«

Clemens nickt Maria kurz zu, nimmt das zweite Handy und verkabelt es mit einem Headset. »Wie heißt die Geisel?«

»Ludmatova«, antwortet Maria.

Er lehnt sich an die Wand mit Blick auf die geschlossene Tür, atmet tief durch und wählt die Nummer.

»Hallo, hier von Bühlow, ich bin der Leitende Kommissar.«

Stille.

»Hallo, hallo, Herr Weiß, hören Sie mich? Hier ist von Bühlow, Polizei. Lassen Sie uns bitte miteinander reden.«

»Ich habe Ihnen nichts zu sagen.«

»Wie geht es Frau Ludmatova?«

Stefan Weiß legt auf.

Clemens schaut zu Maria hinüber, die ihm mit Gesten zu verstehen gibt, sofort wieder anzurufen.

Christian auf der Heide winkt den Hauptkommissar in Richtung Bühne. Hinter dem Vorhang befinden sich die Bühnentechnik und mehrere Bildschirme, die nicht nur die Bühne und den Zuschauerraum zeigen, sondern auch die Künstlergarderoben. Er deutet auf einen Bildschirm. Clemens erkennt Stefan Weiß, der dicht an der Tür steht, das Messer in der Hand, und zu der Tänzerin hinüberblickt, die gefesselt auf einem Stuhl sitzt.

Clemens wählt erneut die Nummer. Stefan Weiß nimmt das Gespräch an, ohne etwas zu sagen.

»Der Tod Ihrer Mutter muss ein schwerer Schlag für Sie gewesen sein.« Stefan Weiß zuckt zusammen.

»Sie war eine wunderschöne Frau«, spricht Clemens weiter.

Keine Reaktion.

›Ich muss sein Vertrauen gewinnen, auch wenn er mich für blöd hält.‹

»Und eine begnadete Tänzerin«, fährt er fort.

Hendrik ist aufgetaucht, tippt Clemens auf die Schulter und hält ihm sein Laptop hin. Ein Video läuft, das Anna Lopokova alias Eva Weiß auf der Bühne zeigt.

»Ich habe sie auf der Bühne gesehen.«

Clemens erkennt an der Körperhaltung von Stefan Weiß, dass dieser irritiert ist.

Hendriks Finger jagen über die Tastatur. Die Vita von Anna Lopokova taucht auf.

»Sie haben sie doch bestimmt jeden Abend als Prinzessin Odette gesehen und waren sehr stolz auf Ihre Mutter. Sie müssen damals noch ein kleiner Junge gewesen sein.«

Stille.

»War es nicht ihre Rolle in Schwanensee, wodurch sie zum umjubelten Star des Londoner Ballettensembles wurde?«

Die Nervosität von Stefan Weiß zeigt sich deutlicher. Er läuft hin und her.

»Und nach den Auftritten die großen Partys und Empfänge, waren Sie auch dabei? Hatten Sie eine Nanny? So nennt man das doch in London, oder?«

Stefan Weiß hört ihm zu.

»Wo haben Sie gewohnt? Ich würde mal vermuten, im Hotel in einer wunderschönen Suite. So etwas hätte ich mir als kleiner Junge auch gewünscht, da wird einem doch jeder Wunsch von den Angestellten erfüllt.«

›Ich muss Zeit schinden, auch wenn es keine Reaktion gibt. Ihn ablenken von der Geisel. Seine Aufmerksamkeit halten.‹ Clemens hat den Monitor fest im Blick.

»Sie hätten Ihre Mutter gerne öfter auf der Bühne gesehen, nicht wahr?«

Wieder eine kleine Pause.

»Und hätten sie gerne öfter für sich alleine gehabt.«

Ein verächtliches Schnauben ist zu hören.

»Aber so ein kleiner Junge gehört ins Bett, denkt die Mutter. Die Erfahrung habe ich auch gemacht. Sie waren doch bestimmt ein aufgeweckter kleiner Kerl, nur leider unehelich.«

Stefan Weiß ist stehen geblieben.

»Sie hat Sie nur als Belastung empfunden auf ihrem Weg zur Primaballerina, als ungeliebtes Anhängsel, als Scheusal, als Bettnässer. Oder warum hat sie den kleinen Jungen zu den Großeltern abgeschoben?«

Stefan Weiß drückt das Gespräch weg.

Verärgert schaut Clemens auf die Spitzen seiner Budapester. Christian bringt ihm ein Glas Wasser, das er in einem Zug leert.

»Wie weit ist das Sondereinsatzkommando?«

»Die brauchen noch Zeit. Die Schächte sind in schlechtem Zustand.«

Clemens wählt erneut. Doch Stefan Weiß geht nicht dran.

»Was machen wir jetzt?«, fragt Maria, die wie Clemens auf den Bildschirm starrt.

»Wir müssen die Zeit überbrücken, bis die Kollegen in die Garderobe eindringen können.«

Wieder wählt er. Der Klingelton schallt bis zu ihnen herüber. Je länger es klingelt, desto aufdringlicher wirkt das Läuten. Clemens schaut gebannt auf den Bildschirm. Stefan Weiß hält das Handy in der Hand, dann wirft er es wütend gegen die Wand.

Er dreht sich zu Christian um. »Wie weit sind die?«

»Kurz vor der Luke in der Decke.«

Er blickt erneut auf den Bildschirm. Stefan Weiß steht vor der Tänzerin und führt das Messer über ihr Dekolletee. ›Ich muss den irgendwie an die Tür kriegen.‹ Langsam dreht sich am anderen Ende der Garderobe die große, runde Abdeckung des Belüftungsschachtes. Wie in Zeitlupe wird die Abdeckplatte zur Seite geschoben und mit einem Magneten an der Decke befestigt. Ruhig steigt der erste Kollege nach unten. Clemens rennt den Flur entlang. Als der Kollege den Boden berührt, hämmert er gegen die Tür.

»So kommen wir keinen Schritt weiter. Sie müssen mit mir reden!«

Ein zweiter Kollege ist dabei, sich abzuseilen. Wieder hämmert Clemens an die Tür. »Wir werden eine Lösung finden!«, ruft er laut.

In diesem Augenblick hört er Lärm in der Garderobe. Auf dem Monitor verfolgt Maria, was passiert. Zwei Kollegen des Einsatzkommandos werfen Stefan Weiß zu Boden, einer kniet sich auf die Beine des Geiselnehmers, der andere reißt

Weiß' Arme auf den Rücken und legt ihm in Sekundenschnelle Handschellen an. Dann wird die Tür aufgestoßen. Die Polizisten ziehen den Gefangenen mit einem kräftigen Ruck an den Handschellen hoch. Stefan Weiß brüllt vor Schmerzen laut auf. Clemens geht auf ihn zu und schaut ihm in das kindlich wirkende Gesicht.

»Abführen.«

Danksagung

Auch diesmal gilt unser Dank unseren Freunden, die mit Spannung die Entstehung unseres zweiten Kriminalromans verfolgt haben. Eure konstruktive Kritik für den ersten Band mit Clemens von Bühlow hat uns wertvolle Anregungen für den zweiten Band gegeben. Auch unseren Lesern möchten wir danken, die so zahlreich zugegriffen und uns mitgeteilt haben, was ihnen gefallen hat und was nicht. Wir haben über diese Anmerkungen viel diskutiert, einiges aufgegriffen, anderes nicht. Denn nach wie vor wollen wir uns treu bleiben.

Danken möchten wir auch diesmal wieder unserer fantastischen Lektorin Dr. Mechthilde Vahsen, die sich mit Gespür und Kompetenz unserem Manuskript gewidmet hat.

Das alles wäre aber nicht möglich ohne unseren Verleger Detlef Knut, der an uns glaubt und auch unseren zweiten Krimi wieder mit viel Engagement begleitet hat.

Dank an die LeserInnen

Liebe LeserInnen,

diese Geschichte ist hier zu Ende. Wir hoffen, es hat Ihnen gefallen und Sie sind ein paar Stunden in die Welt dieser Geschichte eingetaucht, haben geschmunzelt, gelacht, mitgefühlt und mitgelitten. Damit haben Sie bereits eine gute Tat getan. Wenn Sie weiterhin Bücher dieser Autorin, dieses Autors oder unseres Verlages lesen möchten, dann tun Sie bitte eine weitere gute Tat: Reden Sie über dieses Buch. Oder twittern Sie, schreiben Sie einen kurzen Blogbeitrag oder eine Leserbewertung in Ihrem bevorzugten E-Book- oder Online-Shop.

Denn Mund-zu-Mund-Werbung ist für Autoren und Verlage wie Sauerstoff für jedes Lebewesen – sie ist lebenswichtig. Lesermeinungen sind Motivation und Ansporn für unsere Autoren, so dass Sie schon bald ein weiteres Buch ihrer Lieblingsautorin oder ihres Lieblingsautors lesen können.

Herzliche Grüße

Ihre

edition oberkassel

Das Autorinnen-Duo

Brigitte Lamberts

1960 in Düsseldorf geboren, lebt seit zwanzig Jahren wieder in ihrer Heimatstadt. Sie ist promovierte Kunsthistorikerin, PR-Beraterin und Journalistin. Nach Stationen in Museen, PR-Agenturen und Verlagen hat sie sich im Bereich Corporate Publishing selbstständig gemacht. Ihren Debütroman, den Düsseldorfer Krimi *Ausgeweidet*, verfasste sie zusammen mit ihrer Co-Autorin Annette Reiter.

Annette Reiter

1961 in Würzburg geboren, lebt in Düsseldorf. Nach ihrer Schauspielausbildung und dem Gesangsstudium an der Robert Schumann Hochschule war sie als Oratorien- und Konzertsängerin tätig. Seit einigen Jahren unterrichtet sie Gesang und Sprecherziehung. Ihren Debütroman, den Düsseldorfer Krimi *Ausgeweidet*, verfasste sie zusammen mit ihrer Co-Autorin Brigitte Lamberts.

Beide Autorinnen sind begeisterte Krimileserinnen.

www.moerderisches-duett.de

Hauptkommissar Clemens von Bühlow wird in den Grafenberger Wald gerufen, dort liegt ein Jogger, erschossen und ausgeweidet. Spuren des Täters sind aufgrund eines Unwetters kaum auszumachen. Der Tote kann schnell identifiziert werden. Angeklagt, seine behinderte Tochter sexuell missbraucht zu haben, wurde er gerade vom Düsseldorfer Landgericht freigesprochen. Von Bühlow und sein Team ermitteln unter Hochdruck im Umfeld des Opfers. Obwohl Clemens von Bühlow, seines Zeichens Fallanalytiker, ein überzeugendes Täterprofil erarbeitet, lässt sich damit nur der Kreis der Verdächtigen eingrenzen.

240 S., Maße: 12 x 19 cm, Taschenbuch
ISBN: 978-3-943121-37-7

Fernsehreporter Ronny Baumann ist für den Aachener Lokalsender Regio TV zu einem Routineauftrag unterwegs. Als er ein Eiscafé besucht, wird er von einem Rocker der Bloody Angels mit einem Geldkurier verwechselt. Das tun auch die Gangster einer Drogenbande, die mit den Rockern in kriminelle Geschäfte verwickelt sind. Baumann wittert die Chance auf eine große Story.

250 S., Maße: 12 x 19 cm, Taschenbuch

ISBN: 978-3-943121-62-9

Die freie Journalistin Nele führt ein unkonventionelles Leben in einem großstädtischen Szeneviertel. Die dortige Auseinandersetzung um eine Luxussanierung eskaliert und ein Immobilienhändler wird erschossen, bevor Nele einen Termin mit ihm wahrnehmen kann. Der Leiter der Soko Sanierung vermutet den Täter unter den Sanierungsgegnern. Neles Sohn Cairo und seine Freunde engagieren sich im militanten Protestmilieu. Dort lernen sie Joe kennen. Mit ihm kehrt Neles verschwiegene Vergangenheit zurück.

300 S., Maße: 12 x 19 cm, Taschenbuch
ISBN: 978-3-943121-63-6